千年鬼

[日]西条奈加 著

冯锦源 译

SPM
南方传媒 | 花城出版社

中国·广州

图书在版编目（ＣＩＰ）数据

千年鬼 ／（日）西条奈加著 ； 冯锦源译. -- 广州 ：
花城出版社，2024.9
ISBN 978-7-5749-0160-5

Ⅰ．①千… Ⅱ．①西… ②冯… Ⅲ．①幻想小说－日
本－现代 Ⅳ．①I313.45

中国国家版本馆CIP数据核字(2024)第069026号

合同版权登记号：图字19-2023-037号

SENNENKI
Text Copyright © Naka Saijo 2015
Illustrations copyright © Kei Kobayashi 2015
Simplified Chinese translation rights arranged with TOKUMA SHOTEN
PUBLISHING Co., LTD. through East West Culture & Media Co., LTD., Tokyo.

出 版 人：张　懿
责任编辑：刘玮婷　　徐嘉悦　鲁静雯
责任校对：梁秋华
技术编辑：凌春梅
装帧设计：周文旋

书　　名	千年鬼 QIANNIAN GUI
出版发行	花城出版社 （广州市环市东路水荫路 11 号）
经　　销	全国新华书店
印　　刷	广州市岭美文化科技有限公司 （广州市荔湾区花地大道南南海工商贸易区 A 幢）
开　　本	787 毫米 ×1092 毫米　32 开
印　　张	7.125　2 插页
字　　数	114,000 字
版　　次	2024 年 9 月第 1 版　2024 年 9 月第 1 次印刷
定　　价	56.00 元

如发现印装质量问题，请直接与印刷厂联系调换。
购书热线：020-37604658　37602954
花城出版社网站：http://www.fcph.com.cn

目录

鬼芽，并非寄宿于鬼，而是寄宿于人。

它吸取怨恨和痛苦，在人体内成长，

时而缓慢，时而急骤。

当它的种子破裂之时，人便会头生双角，化身人鬼。

鬼族并不可怕，此等人鬼才令人畏惧。

* * *

刚洗好的一升^①酒瓶从幸介双手间滑落，摔得粉碎，惹得掌柜火冒三丈地冲了过来：

"幸介！多少瓶子都不够你摔的！"

"对不起，对不起！手冻僵了，没抓住……"

"我不想听你的借口，店里忙得不可开交，你还一个劲儿添乱，真是偷工钱的贼！"

幸介脸上一阵发烫，却还是咬紧嘴唇赔礼道歉。

"扎到客人的脚就坏了，赶紧收拾干净。"

掌柜往回跑了几步，又回头道：

"打碎的酒瓶从你工钱里扣！"

临近腊月，小酒馆末广屋的生意是平时的好几倍。除

_____

① 日本度量衡制的容积单位，约为1800毫升。

了一升瓶装的，过年喝的各种桶装酒也供不应求，跑堂和学徒都在店里奔忙不停。幸介既要挑水又要打扫，手头的杂活一桩接一桩，不过最令他头疼的还是洗酒瓶的工作。

酒馆门口常年放着用来洗酒瓶的水盆，每天下午幸介都要一直蹲在这里洗到很晚。用过的酒瓶被一个接一个地送来，怎么洗都洗不完。泡在水里的双手已经感觉不到冷，可是被北风刮到就会像被刀割了一样裂开。此刻的幸介正忍着疼痛，拿扫帚扫着地上的酒瓶碎片。

"笨蛋幸介，还没扫干净。"

一个学徒把幸介扫到一起的碎片踢得到处都是，被他瞪了一眼。

"瞪他干什么？活儿没干多少，还好意思拿工钱，你就是一小偷！偷薪贼！"

另一个学徒也在旁边起哄，两人笑着朝里屋跑去。幸介忍不住向他们抡起扫帚，却一个没抓稳，失去平衡坐倒在地。

"肚子好饿……"

幸介从昨天起就没吃过东西，肚子已经叫不动了，身上也软绵绵的，让他连站都站不稳。

"阿幸哥哥，你饿了吗？"

耳边传来人声，空气中还泛起一股香味。幸介回头看去，原来是手上拿着一袋炒豆的阿丝在跟他说话。阿丝是末广屋老板的女儿，年方四岁。

"你没吃午饭吗？"

幸介对阿丝难为情地笑了笑，用力爬了起来：

"忙得没顾上吃。"

"哦，那你晚饭多吃点儿。姐姐说今天很冷，晚上吃豆腐火锅。"

"我只干白班，早晚都在家和阿爹一起吃。"

"阿幸哥哥家今天晚上吃什么？"

"应该也吃豆腐火锅吧。"

幸介忍不住吹牛道。别说豆腐了，他家连一粒米都没剩下。

幸介本该和别的学徒一样在这里包吃包住，可他年纪不到十岁，家中还有卧病在床的父亲。多亏大杂院的房东说好话，他才只用上白班。

其余的学徒盼星星盼月亮，一年也只能回家两次，自然妒忌得不得了。老板给一般学徒只发零用，却多少会给幸介一点工钱，更让其他人眼红。每到午饭时间幸介都会遭人恶作剧，不是碗被打翻就是只能吃咸鱼尾巴。

为了吃饭幸介只好忍气吞声，但是女佣和跑堂都装作没看见，受到周围人影响的掌柜也对他恶语相向，因而别人更是变本加厉地欺负他。

幸介最终还是放弃了，午饭时间也不再踏进厨房半步。

在末广屋，只有老板的小女儿阿丝会给他笑脸。

"今天都吃豆腐火锅，阿幸哥哥，我们一样呢！"

阿丝笑盈盈地把炒豆丢进嘴里，嚼得嘎嘣响。炒豆的香味直冲幸介鼻孔，让他安分了许久的肚子又开始咕咕叫。阿丝吃惊地转过身盯着幸介，后者面红耳赤，赶忙把盆里的水翻搅出哗啦啦的声响。

"阿幸哥哥，给你！"

阿丝伸出红叶般的小胖手，掌心里摆着三颗拌了盐的炒豆。

"小姐……"

"这是给阿幸哥哥吃的，给。"

幸介本想推辞，却忍不住咽了口口水，急忙用围裙擦了擦手。

"小姐！阿丝小姐！"

"啊，是姐姐在叫我。"

听见丫鬟在喊自己，阿丝把炒豆丢到幸介手里，飞奔着走远了。幸介冲小女孩的背影鞠了一躬。

他本想忍到下班，可是看到满是皲裂的手心中躺着的炒豆，口水就不住向外流。幸介悄悄朝店里看了一眼，发现掌柜和跑堂都忙着应付客人，没留意自己。

幸介小心翼翼地抓起一颗炒豆，刚想丢进嘴里，却突然怔住了。

不知何时，水盆的另一边多出三个蹲在地上的小男孩。他们的年纪看来介于幸介和阿丝之间，有六七岁，身上都脏兮兮的。

幸介从没见过这几个孩子，他们的长相也很奇特。

三个孩子的额头都很宽，并且向前突出。最右边的长着老鼠耳朵般的招风耳，中间那个眼睛尤其大，最左边的长着一张大嘴巴。他们的五官比例很不协调，形状也怪异。

水盆前的三人正对幸介，都咬着手指，望着他的手心出神。

发愁的幸介转过身去，不让他们看见炒豆，却依然能感觉到背后火辣辣的目光。

他在犹豫要不要一口把三颗豆子都吃了，又回头看了一眼，发现咬着手指的三人都瘦得可怜。他们或许不只是昨天没吃东西，可能都饿了三四天了。

手上有三颗炒豆，眼前是三个小男孩。

幸介叹了口气，放弃抵抗：

"给，你们吃吧。"

说着，他把手伸到水盆上方。

三人一起注视着幸介的脸：

"给我们？"

"给我们吗？"

"要给我们吗？"

幸介点了点头。

眨眼间，三颗炒豆就从他的手上消失，落进了孩子们的肚子里。

"好吃！"

"真好吃！"

"太好吃了！"

他们由右至左一个挨一个道，脸上洋溢着满足的笑。看到这一幕，幸介感觉自己做了一件大好事，也一起笑了。

"我叫幸介。"

"我们是回顾者。"

"回顾者?"

"可以回顾过去发生的事,所以叫回顾者。"

"我们是可以看见过去的鬼。"

三人说话的顺序仍是从右到左。

"你们是鬼?头上怎么没长角?^①"

幸介不禁担心,他们要么是吹牛大王,要么脑袋瓜有问题。

"我们长着角呢。"

孩子们同时低头,分别用小手拨开头顶的黑发。

"那是角吗?"

三人乱糟糟的头发间的确有个白色的凸起,而且长在同一位置。不过与其说是角,倒不如说更像刚长出来的牙齿。

"我以前看过故事书,插图里的鬼都长着两只角。"

"那不是鬼,是人鬼。"

"就是人变成了鬼的样子。"

"只有人鬼的额头才会长出长长的角。"

人的头上会长角吗?

---

① 在日本传说中,鬼的头上都长有角。

8

幸介没有反驳，而是噘起嘴想：这三个家伙果然有点古怪，还是别再跟他们纠缠下去为好。

面前的孩子们却没看穿他的心思，自顾自闹腾起来：

"炒豆真好吃！"

"真好吃，我们要报答幸介！"

"就带幸介回顾过去吧！"

"几颗豆子而已，不用你们报答。"

要面子的幸介苦笑道。

"幸介，你没有想看的过往吗？"

听大耳朵男孩这么问，幸介温柔地笑道：

"……我想看看死去的阿娘。"

"那我们就让幸介看到死去的阿娘。"

见大眼睛男孩信誓旦旦，幸介忍不住凑了上去：

"真的能和阿娘见面？"

"不是见面，只能看看。"

大嘴巴男孩架起胳膊，拦住他的去路。

幸介略显失望：

"只能看看……难道你们要把我带到三途川①去？让我隔着河岸看阿娘？"

---

① 在日本民间传说中，人死后先要经过三途川才能前往冥府。

"不是啦，根本没有什么三途川。"

"我们是回顾者，可以让幸介看到过去的阿娘。"

"幸介，你想看什么时候的阿娘？"

幸介心里有某个地方决堤了，对母亲的思念充满了他的脑海——过节的时候，阿娘会牵着他的手带他出去；发烧的时候，阿娘就在枕边温柔地鼓励他；撒谎的时候，阿娘也打了他，眼中却满是悲伤。

"有好多好多，不知道怎么选。"

幸介只觉鼻子一阵发酸，视线也模糊了。趁着眼泪还没掉下来，他用袖子猛地擦了擦眼睛。

"选一个吧，我们只能飞一次。"

大耳朵孩子不顾幸介的反应，只管提要求。

"飞？你是说回到过去吗？"

"不对，是飞去那里。"

大眼睛孩子指着天空道。

太阳快下山了，天空渐渐暗了下来。

"你们会像天狗①那样飞起来吗？可是从天上也看不到阿娘呀。"

看来他们果真在胡说八道。想到自己差点上当，幸介

① 一种日本传说中的妖怪，长着长鼻子和翅膀。

就气不打一处来。

大嘴巴孩子仿佛看穿了幸介的心思，张开大口说：

"幸介，你要相信我们，看那边的星星。"

"星星？"

幸介顺着大嘴巴孩子手指的方向看去，只见粉末般的繁星布满夜空，也不知他指的是哪一颗。

"啊！"

"幸介，看见了吗？看见了吧？"

"有颗星星，刚刚消失了。"

"没错，那颗星星死了。"

"天上的星星也会死吗？像人一样？"

"星星和人一样，有一天也会死。不过那颗星星不是刚死的，是几万年前就已经死了。"

"可我明明亲眼看到它消失。"

"错，是几万年前消失的星星，从这里看就好像刚刚消失。"

幸介听得一头雾水。

"你听好了，"大嘴巴孩子向前探了探身，大眼睛和大耳朵没再说话，"你能看见星星，是因为那颗星星的光一路跑到了这里。"

"光？太阳发出的那种光？"

"跟你每天看到的太阳不是一回事，不过也差不多。"

怎么可能还有别的太阳？幸介皱起眉头想。

"总之，光是会跑的，像人和马一样，不过比马快很多就是了。那颗星星离我们很远，它的光要拼命跑好几万年才能过来。"

"是吗？"幸介又一次抬头看天空。

"所以啊，幸介，如果我们在那颗星星上反过来看这里，就能看到几万年前的样子。只要跑得够快够远，多久以前的事都能看到。我们可以去很远很远的地方，想看你阿娘的话，只需回顾短短几年就行吧？对我们来说是小菜一碟。你听明白了吗，幸介？"

"不明白，但是……"大嘴巴孩子滔滔不绝的时候，幸介的思绪却飞往了别处，"你们真的能看见过去发生的事？"

三人一齐点了点头。

"我负责飞到很远的地方。"大耳朵孩子说。

"我负责给你看过去。"大眼睛孩子接着道。

"那你呢？"

"我什么都不干。"

大嘴巴孩子得意地回答。

"幸介，要看多久以前的事？一年前？"

"两年前？"

"三年前？"

幸介仔细想了一会儿，挑衅地抬起头：

"半年前。让我看看阿娘死的那天。"

"你想看阿娘死的样子？"

幸介摇了摇头：

"不是。半年前有匹受惊的马撞翻了大板车上的货，害阿娘被压死。当时一起在场的阿爹也受了重伤，双腿和右手都残废了。阿爹失去了阿娘，也没法再替别人写招牌挣钱，整个人都变了。"

父亲的状态每况愈下，是幸介去末广屋做工开始的。那时好心的房东见父子俩快活不下去，便把幸介介绍到那里上白班。

"末广屋的老板是我表弟，说想多招个学徒，我就把你推荐给他了。"

在房东的帮助下，幸介每月都能领到两次微薄的工钱。

头一回拿到薪水时，幸介提着一个粗瓷酒瓶回了家——他买不起末广屋的佳酿，就去附近的酒铺打了最便宜的酒，想让卧床不起的父亲高兴一下。

父亲一边抿着酒，一边嘀咕：

"我一辈子都会成为你的累赘吧？"

而后他似乎再也承受不住，端起碗一饮而尽。

从此以后，父亲成了酒鬼，不仅酒量一天比一天大，没酒的时候还会又哭又闹：

"连酒都没得喝，活着还有什么意思？幸介，你现在就杀了我吧！"

幸介实在不忍心看到父亲哭着抱怨的样子，就算忍饥挨饿也会为他买酒。

"只要治好了右手的伤，阿爹就能替人写招牌赚钱，说不定也会戒酒。我记得房东说过，日本桥的药铺有一种叫'黄白膏'的药。"

"黄白膏？"

"那是什么？"

"好吃吗？"

"不是用来吃的，是很灵的治伤膏药，可是很贵很贵。我想给阿爹买。"

三个孩子似乎没听明白，只是呆呆地望着幸介。

"听说那匹害死阿娘又害阿爹受伤的疯马是武士家的，只要知道那人是谁，我就能找他算账，让他出钱给阿爹买药。"

三人总算理解了他的意思，同时回应道：

"明白了，幸介。"

"幸介，我们会让你看到的。"

"走吧，幸介，我们飞去看那匹疯马。"

"现在就去？店里还没打烊，我要把它们都收拾干净才行。"

水盆旁边还有不少没洗的酒瓶。

"幸介，很快的。"

"去去就回。"

"就跟上茅房一样快。"

幸介被三人催促着站起身，无奈地看了一眼天空。他不知道会被带去哪儿，不过不难想象那是一个遥远的地方。

三人没理会他的担忧，大声道：

"幸介，在心里许愿。"

"许愿看到过去。"

"看到受惊的马出现的那天。"

幸介紧闭双眼，在心中许愿：请让我看到那匹给阿爹阿娘带来灾难的马。

转瞬间，他便听见一声刺耳的呼啸，感觉大地也开始震动。

"哇！"

幸介大叫一声，摔坐在地上。

"我们到了，幸介。"

幸介战战兢兢地睁开眼，却什么也看不见。任凭他怎么拼命眨眼，前方都只有一片黑暗。

"看。"

"看得见吗？"

"看得见吗，幸介？"

"我……我什么都看不见，就像在地窖里一样。眼前都是黑的，也没有星星，不知道你们在哪儿。"

"这里。"

"在这里。"

"我们在这里，幸介。"

幸介循声望去，发现三人确实站在自己身边，这才松了口气。不过四面八方仍是漆黑一片，让他实在不敢起身。

"看！"

"看它！"

"那匹受惊的马！"

三人都指向同一个方向。

"……我什么都看不见，只有一团黑。"

"唉，凡人就是麻烦。"

大眼睛孩子叹了口气，来到幸介身后，伸出小手，用手指围拢出眼镜般的圆筒套在他的双目之上。

"啊！"

通过大眼睛孩子做的眼镜，幸介看见一匹皮毛光滑的栗色马飞奔而来，掀起阵阵尘土。它黑色的鬃毛向身后飘逸，背着华丽的黑色马鞍，马鞍上却空无一人。

街头的人群急忙向两旁散开，仿佛河水被一刀劈开。很快，一辆装满木桶的大板车挡住了疯马的去路。疯马四肢蹬地，想飞跃过去，然而绑着草绳的货物实在太高，绊住了马的后腿，使疯马和大板车一同朝旁边倒下。

看见车旁的父母大张着嘴，似乎要喊叫，幸介忍不住闭上双眼，耳边传来擂鼓般的心跳声。

"看见了？"

"看见了吗？"

"看见了吧？"

幸介吞了吞口水，好不容易挤出一句：

"还，还是……看不出……是谁的马。"

他的声音在颤抖：

"能不能……再往前看一点？"

"我们只能飞一次。"

"往前一点的话，不用飞也能看。"

"只要稍微远离一点，看起来就好像时光倒流一样。"

神奇的一幕发生了。

大眼睛男孩做的眼镜还在幸介的面前，他从里面看到，原本倒地的疯马再度起身，散落一地的货物也在恢复原状。随后，栗色的马竟然原路倒退了回去。

幸介发出一声惊叹，继续聚精会神地向内看去，不过——

"好像有点反胃。"

幸介捂着嘴道。

"再忍一忍。幸介，你看！"

忽左忽右向后倒退的疯马身后出现了几名武士。

"停！"

伴随着幸介的一声呐喊，人和马都静止不动，仿佛成了摆设。

疯马的身后是三个惊慌失措的武士，他们都围在另一个倒地的武士身旁。

"他！"

"是他！"

"是他骑的马！"

"嗯，应该是……"

对幸介来说，那人本是仇家，可他一点儿都恨不起来。倒在地上的是一位白发苍苍的老者，此刻的他手捂着腰，疼得龇牙咧嘴。

"他也和阿爹一样受了伤……"

幸介自言自语道，不过他刚要挪开视线，又吃了一惊：

"有只狗浮在空中！"

一条肥胖的褐色大狗肚子朝上飘浮在马的头顶，大概是被马踢飞的。

幸介忽然冒出一个念头：

"让我再往前看一点。"

男孩们不明所以，幸介解释说：

"马的前腿上有血……它受惊也许不怪老爷爷，只是因为被狗咬了。"

眼前的画面再度活动起来，引得四人发出惊呼。幸介猜得没错，刚才浮在空中的狗很快就咬住了马的前腿。

"难怪马会受惊。"

"狗！"

"是狗的错！"

"都怪那条狗和狗主人！"

"没错，那条狗浑身是肉，毛色也亮，准是别人养的。"

"我们来找！"

"找到它的主人！"

"它的主人才是罪魁祸首！"

画面又开始缓慢倒转。

离开马腿的狗在大街上一路向后退，很快回到一位大张着嘴、伸手向前的老婆婆身边。

"是她！"

"就是她！"

"都是她的错！"

三人不约而同叫道，时间停在狗回到老婆婆身边的那一刻。

幸介望了一眼矮小的婆婆，长叹一声。她和落马的武士一样满头白发，连腰都直不起来，穷酸的打扮也和幸介那些住在大杂院的邻居差不多。

"老婆婆肯定出不起买药的钱……"

别说药钱了，她说不定还会因为惊吓了武士的马遭罚。

垂头丧气的幸介又看了一眼静止的画面：

"咦，狗鼻子上好像有什么东西。"

幸介话音未落，狗的黑鼻子就被拉近，上面清清楚楚停着一只蜜蜂。

"原来是被蜜蜂蜇了才受惊的。"

男孩们又一个接一个道：

"蜜蜂！"

"是蜜蜂的错！"

"它的主人才是……"

大嘴巴孩子说到一半，自己也觉得不对劲，因为蜜蜂是没有主人的。

"可是那只蜜蜂肯定是属于某个人的。"

蜜蜂的身上牵着一根白线，另一头拖得很长。在幸介的请求下，画面再度活动起来。被线牵着的蜜蜂离开狗的鼻子，笔直地朝某处倒飞回去。

"它飞得好奇怪，好像翅膀都没动。"

幸介小声道。果然，蜜蜂画出一条平缓的弧线，从街边倒退回一片荒草地，就像是被人从那里扔出来的一样。

荒草地上站着三个面熟的男孩。

"啊……"

"咦？"

"唔……"

三人都大张着嘴，一句话也说不出来。

面对难以置信的景象，幸介也忽闪着眼睛。

从眼镜里看到的人影正是三个回顾过去的鬼。

"那只蜜蜂……是你们的？"

被幸介瞪了一眼的三人低下头去，扭扭捏捏地道：

"我们抓到一只蜜蜂。"

"给它系上了线。"

"一头拴在树枝上。"

"然后呢？"

"被树枝拴住的蜜蜂来回飞。"

"我们觉得好玩，就把那根树枝抢来抢去。"

"线断了，蜜蜂不知被甩到了哪里。"

幸介握紧双拳，感觉怒火自心底涌出，从喉咙一路冲到天灵盖。

"我们？"

"是我们？"

"都怪我们？"

三人怯生生地抬头看着幸介道。

"对，都怪你们！"

三人都大叫一声蹦了起来，又一屁股坐倒在地。

与此同时，身边的黑色帐幕仿佛被人扯去，四人回到了末广屋的店门口。

幸介却浑然不觉，冲着三人大吼：

"都怪你们，是你们的错！是你们害死了阿娘，害阿爹受伤，害我出来做工！所有的一切都是因为你们！"

三个男孩瘫坐在泡着酒瓶的水盆对面，哭丧着脸看向幸介。

"你们害我从早到晚用冷水洗酒瓶，害我两只手长满冻疮！我两天没吃饭了，这都怪你们！"

"对不起！"

"对不起！"

"原谅我们，幸介！"

"我不会原谅你们的！"

天完全黑了，手提灯笼的行人被这一幕吓了一跳，都驻足观望。

"要想我原谅你们，就把阿娘还给我！你们若真有神通，就带死去的阿娘来见我啊！"

"不可能的。"

"人死不能复生。"

"我们只能带你看过去。"

"一群废物！"

面对怒不可遏的幸介，三人瑟瑟发抖。

"那就把我阿爹治好，让他像以前一样活蹦乱跳！"

"幸介！你在店门口吵吵什么？！"

听见外面的动静，掌柜、跑堂和学徒们都从店里跑了出来，然而幸介眼中依然只有那三只回顾过去的鬼：

"把阿爹阿娘还给我！"

胆战心惊的三人抬头望着幸介，愧疚地拼命摇头。

"我讨厌你们！讨厌你们！"

"还不快住手，幸介！你在店门口冲谁嚷嚷呢？"

幸介被掌柜和跑堂从两边摁住。他转向右边，狠狠瞪了一眼掌柜：

　　"我也讨厌你！"

　　"幸介，别这样！

　　"掌柜、跑堂大哥、学徒兄弟、女佣姐姐，我讨厌你们所有人！"

　　幸介仿佛一个不听话的任性孩子，两脚蹬地，挥舞双臂：

　　"我犯了什么错，要你们合起伙来欺负我?！我干了什么坏事，让你们这么恨我?！"

　　掌柜手忙脚乱，一旁的跑堂小哥也吓得缩头缩脑，末广屋门口已经被围得水泄不通。

　　"我也讨厌阿爹！只知道喝酒、发牢骚，把我的工钱都喝光了！我从早到晚干活，凭什么连口饭团也吃不上?！"

　　幸介被从两边架住，却依然对着黯淡的夜空咆哮：

　　"但我最讨厌的是阿娘！丢下我和阿爹一个人去了……阿娘，阿娘……"

　　忽然间，幸介被一个温暖的小人儿抱住了。

　　"小姐，危险！别过来！"

掌柜想把阿丝推开，后者却拼命抓住幸介不放，抬头看他，圆圆的眼睛里满含泪水：

"阿幸哥哥，你怎么了？阿幸哥哥！"

"小姐……"

"阿幸哥哥，什么事不开心？你怎么哭了？"

听阿丝这么说，幸介才意识到自己在流泪。愤怒骤然退去，空留冷冰冰的悲伤。

幸介放声痛哭。

水盆另一边的三个男孩不见了，这让幸介更加难过，他一直哭，哭了很久，很久。

*

幸介在头一声鸡叫中醒来，感觉眼皮肿得只能勉强睁开一半，这才想起昨晚是哭着睡着的。

父亲躺在他身边，不像平时那样酒气熏人。

幸介直到被末广屋的老板和掌柜送到家时还哭个不停，也不顾满脸惊讶的父亲，一头钻进被窝蒙住脑袋。

不一会儿房东也来了，四个大人开始交头接耳。不过方才又哭又闹的幸介太累了，转眼便坠入梦乡。

"末广屋不会要我了。"

虽然这般自言自语，幸介倒也满不在乎。此刻的他无论头脑还是身体都轻松了许多，就像排掉了毒脓一般。

幸介抓起毛巾朝门口走去，想去洗把脸。

"这是什么？"

他家门前放着一个纸袋，幸介刚打开袋口就闻见一股刺鼻的气味。

"好难闻！"

幸介盯着里面的油纸包皱起眉，却听到有人在喊自己。

"早啊，幸介。"

原来是房东。幸介草草应了一声，把纸袋给她看。

"这不是黄白膏吗？我跟你说过的，是治伤的灵药……嗯？比我上次见到的颜色要深，绿油油的。"

房东仔细端详着油纸里的东西，

"不过气味是没错的，这就是黄白膏。究竟是谁弄来的？"

"不是房东您吗？"

"哪能啊，这种药贵得离谱，我可买不起呢……兴许是末广屋？听说你昨天在店里闹脾气……"

"对不起。"幸介低下头去。

"他们说你还是个孩子，这次就网开一面。"

"……我还能去上工吗？"

"嗯，听说有人背着老板刁难你，要是现在把你辞了，末广屋也怕给自己抹黑。不过下不为例，你可要诚心道歉，卖力苦干。"

"嗯！"

幸介说着，便拿起药飞奔进屋。

第二天、第三天，都有人把黄白膏放在他家门口。

不知怎的，从第二天起油纸包就被换成了款冬和小竹叶，只是绿油油的颜色和浓重的味道说明里面装的显然是同一种药。

幸介每天早上都会给父亲换好药再去店里，他的工作还是一样辛苦，但是环境好了不少。学徒们不再欺负他，女佣也会给他盛满午饭，甚至让他不够再添。

唯独一件事让他觉得不可思议——不管问谁，都没人承认送膏药的事。他甚至整晚醒着听动静，却连个脚步声都听不到。似乎是神不知鬼不觉地，药就会出现在他家门口。过了十来天，百思不得其解的幸介用末广屋发的工钱买了一袋炒豆。

"说不定是他们。"

为了不让小鸟和老鼠偷吃，他把三颗炒豆装进了瓦罐，然后放在家门外。

第二天早上门口依然放着药，幸介打开瓦罐就笑了，因为里面的炒豆不见了踪影。

从这天起，幸介每晚都会将瓦罐放在门口，等着第二天三颗炒豆被换成膏药。日复一日，就这么过去了整整三个月。

一天，幸介刚从店里回家就听父亲问：

"幸介，怎么样？"

父亲举起一张纸，上面有他龙飞凤舞的文字。

"阿爹真厉害！"

幸介拍手道。膏药起了作用，父亲的手脚又能活动了，这半个月他每天都在练习写招牌。

"明天我就去找牙人，让他再给我介绍活儿。"

自从幸介在店里大闹，父亲就滴酒不沾了，想必是为自己的所作所为感到羞愧吧。不过幸介觉得他能坚持戒酒至今，也多亏了每天送来的膏药。

"好事啊，该庆祝一下！"

听到这个好消息的房东也兴高采烈，把别人刚送来的一大块鲣鱼给了幸介。幸介切了一半鱼当晚饭，和父亲小小庆祝了一番。

"对了，也该告诉他们。"

他将剩下的一半鱼装进食盒，代替炒豆搁在拉门前。

"让他们也尝尝吧！"

想起三人吃豆子时的快活表情，幸介不禁露出微笑。

第二天一早，幸介被门口的声音吵醒了。他爬出被窝，急忙开门查看。外面起了浓烈的晨雾，害得他连大杂院的木门都看不清。

三个男孩倒在雾中。

"回顾者！果然是你们！"

幸介兴冲冲奔过去，却发现不对劲。

"好臭，好臭！"

"受不了，受不了！"

"鱼腥味，鱼腥味！"

三人都捂着鼻子在地上打滚，旁边摆着打开的食盒。

"你们不喜欢鲣鱼吗？"

三人眼泪汪汪，一个劲地点头。

"对不起，我只想谢谢你们……"

幸介拿起装着鲣鱼的食盒，吓得三个孩子拔腿就跑。

"等等，等一下！"

幸介急忙追上去，三人却逃得飞快，转眼消失在雾中。

"我有话想对你们说，想让你们听见！"

幸介冲出大杂院的木门，像在白茫茫的大海中游泳一般拼命拨开浓雾，却辨不清方向。他只得停下脚步，对着浓雾拼尽全力喊道：

"谢谢！多亏你们送来的药，阿爹的伤好了，又能像以前一样写招牌了，我一直想跟你们道谢！"

他深吸一口气，使出吃奶的力气，

"谢谢你们，回顾者，谢谢！"

可就算拼命呐喊，他的声音还是被雾气掩盖了。

以为自己是在白费工夫的幸介失望地待在原地。过了一会儿，他好像听见一道小小的回声：

"谢谢你。"

那不是回声，而是来自远处的回应，

"谢谢你，幸介。"

"谢谢你原谅我们。"

"谢谢你原谅我们，幸介。"

三个像银铃一般的声音重叠在一起。

浓雾渐渐散去，仿佛被初升的朝阳融化。

银铃般的声音还在耳畔起伏，回顾过去的鬼却不见踪影。

"谢谢你们！"

幸介最后一次大声喊道。

就在此时，一颗黄豆大小的黑色团块从他口中飞出。

*　*　*

幸介对口中吐出黑块浑然不觉。那是人眼所不能见之物，一只黑色的大手将它稳稳接住。

"毕竟是个孩子，还这么小。"

那个黑块活像一颗凹凸不平的金平糖，上面还有几处尖锐的凸起。

一个浑身漆黑的鬼正盯着它看。那鬼长着银眼高鼻，灰色的短发上竖起一根漂亮的犄角。他还很年轻，全身上下暗夜般的黑色皮肤泛出微光，覆盖着恰到好处的肌肉。

玄鬼从手握的锡杖顶端解下装饰的绳结，将坚固而柔韧的细绳对准黑色的金平糖。

"第十一颗……还剩三四颗吧。"

算上刚才那颗小金平糖，玄鬼眼前的装饰绳上总共串着十一颗黑色团块。它们有的大如婴儿拳头，有的弯曲似勾玉，也有的尖锐像箭头，大小形状各异。

"看来还算顺利。"

玄鬼背后忽然一片通明。他回过头去，被一道金光刺得睁不开眼。那道光很快便化为女子的身形。

"你总是说来就来，天女。"

身披天界羽衣的女子脸上浮现和善的微笑。

"是你搞的恶作剧吗？居然是小鬼让那匹马受了惊吓，未免也太巧了。"

听玄鬼这么说，天女轻笑道：

"母亲去世和父亲受伤都是他无法改变的命运，不加干预的话，那孩子身上的'鬼芽'会在几十年间逐渐吸收愤懑，直到破壳而出。要让它在长成之前就吐出来，就得先让那孩子的仇恨集中在某人身上，并发泄出去。时间拖得太久，它便会吸附在脏腑深处，再难取出。"

"真看不出你这个美人手段如此狠辣，不愧是天人风范。"

面对玄鬼的微词，天女也只是笑而不语。

"不过我就是喜欢你这一点，怎么样，今晚共度良宵如何？"

"几百年过去了，你这毛病还是没改。"

"我可不想错过你这样的大美女。"

玄鬼将乌木般的手臂伸向金光，可他还没来得及碰到天女，对方便消失不见，只留下微弱的清香。

"小鬼力竭倒下了，有劳你照顾一下。"

随着一阵柔和的嗓音自天上飘落，天女的气息也彻底消失。

"真够麻烦的。"

玄鬼毫不掩饰不耐烦的心情，却还是听话地飞奔起来。被他从身边经过的人看不见他的样貌，只会感到一阵旋风刮过而好奇回望，同时不得不按住被吹起来的衣服下摆。玄鬼像狗一样，循着气味找到了倒在草丛中的三个小人儿。

其中一人倒趴在地上，长着大耳朵和长着大眼睛的男孩都仰面朝天。这两人睁大双眼，一动不动，看起来毫无生气，宛如灵魂出窍的人偶。

"老大耗尽了力气，木偶也就不中用了……没办法，这样的小鬼根本控制不好回顾过去的法术。"

玄鬼气呼呼地举起锡杖，震得上面的几只锡环发出闷闷的响声。一片白光从杖尖射出，笼罩了四周，三个孩子随即消失，地上出现一个匍匐的红色身影。

那人浑身上下如同被朱漆染过，一头盛夏草木般的绿色鬈发披到肩头，头顶长着一只拇指大小的犄角。

玄鬼将他抱了起来：

"你要睡到什么时候？还不醒醒？"

玄鬼把小鬼脸朝上翻过来，面色凝重。比起三个月前，小鬼明显虚弱了很多。不过在他的摇晃下，小鬼还是半睁开眼：

"嗯……"

那张向两边咧开的嘴、从绿色头发中冒出的耳朵和他睁开时的眼睛都是那么硕大无比，唯独鼻子只占据了整张脸的中央一小块领地。

"笨蛋，回顾过去还嫌不够，又在别的地方浪费力量。"

"没什么大不了的，只是替幸介的老爹仿造了黄白膏……我本来就是吸取草木精华的鬼，那点事不算什么。"

虽然跟偷来的黄白膏多少有点不一样，不过通过吸取草木精华炼制的膏药效果比真品毫不逊色。小鬼满足地吐了口气：

"这样一来阿民……不对，幸介今后就能安稳地活下去了。"

"你的阿民八百年前就死了，我们只是在追身上带着鬼芽的怪物。"

两人说到一半，小鬼的眼皮又渐渐下垂：

"我……不知怎的……好想睡觉……"

满头绿发的红脑袋朝一旁垂落。

玄鬼比刚才更加用力摇晃，也没能弄醒他。

"啧，果然不该这么早叫醒他，离上次摘掉鬼芽还不到十年，那个天女真不把鬼当人使……"

玄鬼一边发牢骚，一边抱起小鬼飞到空中：

"只要刚才那个小孩能平安度过一生，鬼芽至少再过四五十年才会重新出现，这回能让他睡个安稳觉了。"

随后，一阵黑旋风掠过乌云密布的天空，向东方疾驰而去。

犯重罪者将堕入地狱。

然其中偶有寄宿鬼芽者。

以纯洁之心犯罪，鬼芽或现于其内。

其不落地狱，终归于无有。

万无转生之日。

***

半个月前，织里公主的生活幸福得让她感觉自己身处天堂，周围的一切都是那么美丽耀眼，可突然之间，四面八方全被暗无天日的漆黑笼罩。

突如其来的变故让年方十七岁的织里公主万难招架。

"公主，真木隆国大人给您送来了难得一见的中土点心。"

"我不吃，端下去。"

织里公主坐在外廊上，面朝庭院，院子里盛开着初夏的花朵。

"请别这么说，还是吃一点吧，半个月来您几乎没怎么用餐。"

随侍的侍女将装满点心的盘子端到公主面前，里面摆着的豆沙馅炸面团正冒出阵阵香气。

"说了我不吃！"

织里公主一把掀翻侍女手中的盘子，盘子径直飞到院中开满白花的橘树下，点心也散落得遍地都是。

"对、对不起，这就让下人来收拾……"

"不用，都给我退下！"

侍女被吓坏了，忙不迭地离开了房间。

"我什么都不要，只想见到冬嗣大人……"

她闭上眼睛，脑海中只有恋人的面貌。

"那这些可以给我们吗？"

就要陷入回忆的意识被突然拖回现实，织里公主睁开眼，看见三个孩子并排站在走廊边上。

"好吃吗？"

"好好吃的样子。"

"看起来好好吃的样子。"

这几个六七岁大的男孩也不知是从哪里冒出来的，已经从橘树旁捡起团子，一手攥一个。

他们或许是亲兄弟，宽阔的额头都向前凸出，只不过五官完全不同——站在织里公主右手边的孩子长着一对大大的招风耳，中间那个眼睛特别大，左手边的那个嘴巴大到几乎要向两旁裂开。

孩子们抬头看着她，眼神中满是期待。

"这些……都沾了土，会吃坏肚子的。"

望着那几张怪脸出神的织里公主忍不住回答道。

"没事。"

"没事的。"

"吃不坏。"

三人披肩的长发和粗布外衣上都满是尘土，比掉落在地的团子要脏得多。织里公主心领神会地点头道：

"那你们就吃吧。"

三人同时将手伸向嘴边，每个人手中的两只团子都迅速消失在各自口中。

"好吃！"

"第一次！好吃！"

"第一次吃到这么好吃的东西！"

不知怎的，从刚才起男孩们就按照从右至左的顺序逐个开口说话。织里公主虽觉古怪，却也被他们欢呼雀跃的样子逗乐了，这还是半个月以来的头一遭。

"要报答。"

"报答你的团子。"

"为了报答你好吃的团子，我们带你去看过去吧。"

织里公主刚想说那本来是要扔掉的，不必报答，却对最后开口的大嘴巴孩子提到的事来了兴趣：

"让我看到过去？"

三人同时点头，仍然从右至左依次说话：

"我们是回顾者。"

"可以让你看到过去。"

"是可以带你回顾过去的鬼。"

虽然他们说自己是鬼，织里公主却一点都不害怕。三人身上既看不到角也没有獠牙和利爪，更何况他们还那么小。她真正关心的是另一件事：

"真的可以看到过去吗？"

三个孩子又一起点头。

"半月前的那天晚上，冬嗣大人刚踏出这所宅子的后门便死于歹人刀下，我实在很想知道凶手是谁。"

织里公主在胸前握紧双手，闭上了眼睛。说时迟那时快，只听耳边传来一声刺耳的啸鸣，她就感到原本坐在走廊上的身体晃动起来，不免惊叫一声，双手撑地。

"半月前的那天晚上。"

"宅子的后门。"

"公主想看的过去。"

织里公主惊讶地睁开眼，眼前却是一片黑暗，耳边传来自己格外清晰的心跳声。定睛细看，她发现三个孩子就站在自己身旁。

"因为你在心中许了愿，我们才能飞到这里。"大耳朵孩子道。

"看，那就是后门。"大眼睛孩子指着前方说。

织里公主凝视着男孩所指的方向，那里的黑暗略微散去，露出熟悉的景色。她认出是自家后门，但毕竟正值夜晚，周围黯淡无光。不过当一个人影从门后走出时，月亮也正巧从阴云的缝隙间闪现。

"冬嗣大人！"

那正是令织里公主半月来魂牵梦萦的身影——人见冬嗣。得见心上人，怎不叫她心潮涌动，目不转睛？可就在这时，后门再次打开，另有一名男子从里面走了出来。

"是真木隆国！"

织里公主睁大了双眼，看着两人交谈，却听不见声音，不过他们之间的气氛显然很紧张。不久两人似是不欢而散，人见冬嗣转身欲走，背对着真木隆国。

真木隆国从人见冬嗣身后挥刀砍下时，织里公主忍不住闭上了眼睛。

"看见了？"

"你看见了？"

"你看见了吧？"

在三人的连番追问下，织里公主缓缓睁开双眸，已经适应了黑暗的瞳孔受到光线的刺激，让她不得不眯起眼来。橘树上的白花依稀可见——她又回到了自己房间的外廊，三个男孩也站在之前的位置。

"我没有做梦吧？"

织里公主求证道。三人又同时点头，笑眯眯地仰望着她，像是在等待夸奖，却忽然被吓了一跳。

"混账，真木隆国……竟敢杀害冬嗣大人！"

橘树下，送点心用的盘子还掉落在地。那厮明明谋害了人见冬嗣，却还假装好人，送慰问品给痛不欲生的她，这等厚颜无耻的行为让织里公主怒火中烧。

织里公主狰狞的表情宛如恶鬼，让三个小孩胆战心惊，继而大喊大叫起来：

"要长角了！"

"要变鬼了！"

"额头上长角就会变成人鬼！"

“真木隆国才是真正的魔鬼！”

听她这么一吼，三人吓得像被大风刮过一般摔倒在地。大耳朵孩子和大眼睛孩子抱着头蹲在地上瑟瑟发抖，只有大嘴巴孩子虽然瘫坐在地，仍要拼命朝织里公主喊话：

“不能怨，不能恨，否则鬼芽会被滋养长大。等它发芽，你就真的会变成人鬼！”

“什么鬼芽、人鬼的，我听不懂。不过只要能拉他下地狱，让我变成恶鬼又何妨！”

孩子们再度尖叫，抱头鼠窜，甚至跃过了橘树，钻进草丛不见了。

回顾过去的鬼再也没有现身。

“隆国杀害了冬嗣？你在胡说些什么？”

身为东国一大诸侯的结城为辅在领地内巡视了四天，一回到府邸就听女儿织里公主告真木隆国的状，却不为所动。

“是谁在你耳边说这等无稽之谈？”

“不是无稽之谈！我亲眼所见！”

面前的高足盘中装满了为辅特意带回的李子，织里公主推开高足盘，膝行逼近父亲。后者眉头皱得更紧了：

"你那天不是去看你姑母了吗？怎么可能见到冬嗣在自家后门为贼人所害？"

父亲投来怜悯的目光，仿佛在怀疑她因为过度悲伤而产生了幻觉。他说道：

"隆国在年轻的家臣中是最优秀的，文武双全，宅心仁厚。"

"父亲被他骗了，他是个很危险的人，请立刻将他传来审问！"

织里公主性格倔强，和小她两岁的继承人弟弟大不相同，若生为男儿身，定能成为一员了不起的大将。想到这儿，为辅叹了一口气，派人去叫隆国。

"主公，您唤我吗？"

年轻的家臣很快就来了，他向为辅深施一礼，举止得体。

真木隆国祖上是京都的贵族，相比大多粗鄙的关东武士，谈吐文雅得多，和素有智囊之称的父亲一并受到为辅的器重。

人见冬嗣虽然同为家臣，但无论家世还是身份都相形见绌。为辅早已对自己的女儿织里公主与他要好一事甚感不快。

听为辅详述缘由后，隆国面不改色道：

"我对天发誓，从未做愧对良心之事。"

为辅满意地点了点头，织里公主却突然起身来到隆国面前：

"隆国，抬起头来。你敢看着我的眼睛，像刚才一样起誓吗？"

家臣缓缓抬头，直视织里公主的眼睛：

"我发誓，从未做过难以向主公启齿的愧对良心之事。"

他的眼神诚恳，毫无动摇之色。

"是吗？"织里公主盯着他看了一会儿，应了一声。

"女儿，这下你满意了吧？"

"还没有，父亲。隆国此前给我送来了中土点心，我不答谢他怎么成。"

织里公主从高足盘上抓起三四颗李子，朝隆国脸上扔去。

熟透了的果子在隆国脸上迸裂，汁水顺着他的鼻梁和脸颊流淌下来，散发出清甜的香气。

"女儿，你做什么?!"

见为辅脸色大变，隆国急忙跪拜在地劝解道：

"主公，我没事。"

"没错，隆国，我的答谢还没完呢。"

织里公主走到家臣面前，咚的一声把脚踩在对方扶地的手上。

隆国的手指都几乎要被踩入地面，可他一声不吭。就连有猛士之称的为辅都对这般野蛮行径瞠目结舌，急忙上前拉开女儿。织里公主却向父亲请求道：

"父亲，请您指派隆国随侍我的左右。"

"你说什么？"

"您不答应我的请求，我便自尽。"

为辅从女儿的目光中看出她并非戏言，即便如此，他仍犹豫不决。

"主公，属下也恳求您答应公主的请求。"

"隆国……"

为辅低头看着满面李子汁的隆国，最终答应了下来。

织里公主对真木隆国的累累恶行很快便在家臣和侍女之间传得沸沸扬扬。

"织里公主变了个人，仿佛被恶鬼附身了。"

"真是太吓人了，隆国大人也实在可怜……身上没一天不带伤的。"

"你听说了没？织里公主总是带着一根扫帚柄粗的竹竿，用来打隆国大人，竹竿都要打断了。"

"最近侍女们都不敢靠近公主，只剩隆国大人一人伺候她。"

为辅身为父亲也大感头痛，他多次劝告，女儿却全当耳旁风。

织里公主变成恶鬼的传言很快就传到府邸之外，"结城家的鬼公主"也成了领地内无人不知的外号。

事已至此，就连身为领主的为辅都不得不考虑如何处置女儿。毕竟织里公主十五岁的弟弟、将要继承他衣钵的为芳正迎来一门亲事，对方是关东声势显赫的武家之女，对结城家来说求之不得的。

可万一对方得知准姑爷的姐姐是一个如恶鬼般的女人，好事就要泡汤了。

正当一家之主愁眉不展之际，一个意料之外的人物为他献上一条妙计，出谋划策的正是为辅的智囊、真木隆国的父亲。

"可否在领地的边境村庄建一所宅子，用来安顿织里公主？自然，小犬隆国也会随同前往。"

只要能把隆国带在身边，织里公主想必不会拒绝。为辅点头道：

"如此甚好……可这样做未免太难为隆国了。凭他的才干，将来完全可以成为为芳的左膀右臂，这也是我一直以来的期许。"

"隆国十分清楚，侍奉公主也是他的职责。"

"真是给了他一个烫手山芋，我也觉得过意不去。"

第二年，织里公主就搬到了领地边境的偏僻村庄，随行的仅有隆国和几名仆从。

"真是太逼仄了，这算什么府邸？"

刚建好的整洁宅院还散发着新木的清香，然而织里公主从小生长在结城家的高堂广厦之中，以她的眼光来看，此处简直与马槽无异。

才过了三天，活动不开的织里公主便忍无可忍，带着隆国外出了。

然而眼前的景象比狭小的府邸还要令人厌烦得多——村中飘荡着令人作呕的腐臭气味，让织里公主不禁遮住鼻子。

眼下已是丰收时节，田地间却几乎不见金黄。零星的农户房屋破败不堪，衣衫褴褛的村民更显寒酸。

人们见到织里公主要么作鸟兽散，要么伏地跪拜，提心吊胆地抬头窥探。只有孩童才敢正眼与织里公主对视：

"鬼公主！是鬼公主来了！"

"落到她手里会被吃掉的！"

起哄的孩子都挨了打，被父母拖回屋里，可其中几个还是按捺不住好奇心，从门缝向外张望。

"我的名声连边境的村庄都传遍了啊。"

织里公主毫不在乎自己被人惧怕，只是对村民惨兮兮的模样和黯淡无光的眼神大感不快。在结城府邸时，每逢外出都有人在她面前战战兢兢，但她从未见过如此地村民一般的卑怯视线。

织里公主在村中转了一圈，终于发作道：

"这里的村民怎么个个低三下四？"

"想必是贫穷所致，附近一带的庄稼收成是领地内最差的。"

隆国回答道。

他所言不差——放眼望去，这个时节本该是金灿灿的稻谷与麦穗都一株株地耷拉着头，泛出枯萎的褐色，就连路

50

旁的杂草都布满尘土、气息奄奄。

"隆国，怎么回事？这里为什么种不出米？"

"因为水灾。"

侍从依旧对答如流。织里公主怀疑地道：

"怎么可能会有水灾？流经这座村庄的河水最终汇入结城府邸的东侧，我从未在那里见过洪水泛滥。"

此地位于上游，湍急的河流不仅九曲八弯，还在流经村庄之前陡然变窄。所以每隔几年，这里在秋季都会遭遇突如其来的洪水，将农民辛苦栽种的稻穗连根拔起，而庄稼就算只是被泡过也难逃腐烂的厄运。

"难怪有股子臭味。"织里公主皱起眉头。

"所谓人穷志短，常年遭遇水灾，百姓身上不知不觉就会染上寒酸气。"

"冬天快来了，他们吃什么呢？"

"采些原本就不多的山货，冬天再捕猎鸟兽，却也不够所有人果腹。"

听说每逢发大水，冬天都会死去不少老人和孩子，织里公主脸色变得越发难看：

"隆国，将府中的存粮都分发给这些村民吧。"

跪地回话的隆国吃了一惊，仰视着比自己年轻十岁的主人：

"您可当真？"

"当真。我可不想随处见到那些惹人心烦的面孔。"

"谨遵吩咐。"侍从行礼道。

当天，织里公主家中的粮仓连一粒米都没剩下。

"织里，这么快就回来了？"

见女儿没过几天就回到了结城府邸，为辅的脸色不太好看。

虽然贵为公主，可是织里公主毕竟是关东武士的女儿，擅长骑术，不消半日便从村庄赶到父亲的宅院。

"村中的生活十分不合你意？"

为辅小心翼翼地问，织里公主显得满不在乎：

"确实处处都不堪忍受。宅院逼仄，四面荒凉，村民也都灰头土脸。"

听她把新家说得一无是处，为辅垂头丧气。

"只是如此的话，女儿也就忍了，只不过女儿实在受不了忍饥挨饿。"

"什么？你那里没粮食了？"

"是的，出发前您给我们的粮食都被隆国吃完了。"

织里公主指着背后的家臣道。

"怎么可能？我让下人给足了够你们吃三个月的粮食。"

为辅难以置信地又问了一遍隆国。

"十分抱歉，正如公主所说。"

"这个隆国百无一用，食量又大，女儿我定会严惩……"

"手下留情！我答应你！"

五大三粗的为辅以勇猛闻名，却对女儿百依百顺，立刻许诺派人送粮。

"父亲，您之前说给了我们三个月的粮食，对吧？这次请给五倍……不，十倍的分量吧。"

"十倍？胡言乱语！"

"三个月的大米和麦子短短几天就被一扫而光，十倍都嫌少。"

一听说够自己和几个下人吃三个月的粮食对村民来说只能维持几天，织里公主立刻驱马赶回父亲身边。

儿子的亲事在即，为辅也不想再生事端，因小失大，二话不说给村子送去了连仓库都堆不下的粮食。

从没受过领主接济的村民不禁猜测是鬼公主想把他们

喂肥了再下肚。

虽然有好奇和怀疑的声音，可肚子终究是老实的，接受几次施舍之后，人们也渐渐适应了织里公主的做法。

然而织里公主对这些村民是毫不姑息的：

"米又不够了？你家三天前才领过吧？"

"是啊，孩子们都在长身体，被他们吃光了。"

"一派胡言！我听你儿子说了，你现在都不肯上山打猎，就指着我的粮仓！"

"啊，那个……"

"而且你最近沉迷赌博，有那工夫还不去给我编草绳？！"

在织里公主的训斥下，那个农民连滚带爬地跑回家了。

三年五载之后，鬼公主宅院的举动在附近村庄中无人不晓，即使在没有水灾的年份，每到冬天都有成群结队的饥民在她家门前大排长龙。

*

"我到今天都不敢相信，这般平静的河水居然会在上游大肆泛滥。"

织里公主在马背上俯瞰着父亲府邸东侧的河流。

她在村中已待了七年，父亲为辅于去年病故，真木隆国的父亲则在更久以前撒手人寰。

继承家业的弟弟办事有些不牢靠，却凭借妻子娘家的势力安守领地。

织里公主每年都要问弟弟索要数量惊人的粮食，相比父亲，为芳对此更为恐惧，却也不敢违抗。只是姐姐的要求年年变本加厉，终于逼得他和管理领地的家臣一起来给姐姐赔不是，表示无力承担。

经过七年的锻炼，织里公主也不再像过去那般鲁莽，知道这是迟早的事，便不再纠缠。

眼下她正走在回村的路上。

"水灾不息，施舍再多也是杯水车薪。明明是同一条河流，为何有如此天壤之别？"

织里公主嘀咕道。

"虽是同一条河，这里的河面已经宽阔了许多，水流也趋于平缓。两岸河滩面积广阔，并筑有堤坝，自然不必担心水患。"

隆国依然有问必答，而且最为一针见血。

"那要是把上游也修成一样的地势，岂不是可以治水成功？"

"公主说的是，可惜治水是最难掌握的工程。"

下游的地形是自然形成的，只有低矮的堤坝是人工修建的。然而上游蜿蜒曲折，令人望而却步。

"如果能拓宽河道，再修建水渠排水，或许可以减轻泛滥的程度……"隆国道。

他接着解释，上游宛如葫芦的细腰，只要在细腰两侧挖一段小而短的水渠通往葫芦两头的宽阔水域，洪流就能得以宣泄。

"可是谈何容易？即便投入大量人力，也要耗费数年甚至数十年的光阴。更何况缺少精通此道的工匠，单纯的劳力也只是乌合之众罢了。"

"哪里去找修建堤坝的工匠？"织里公主问。

"传闻奈良和京都曾有过那些人的踪迹，只是近年来治水一事都交由当地乡民负责，恐怕很难找到他们了。"

听到这话，织里公主愁眉不展。

隆国仿佛突然想起了什么：

"属下听说为芳大人的岳丈家请了一批高丽人①专司传授修路、造桥等土木技术，他们或许也通晓治水之道。"

隆国也有一个弟弟，在父亲死后辅佐为芳，高丽人的消息就是从他那里听来的。

"你早该想起来的，隆国，我们走！"

织里公主立刻掉转马头，折返结城府邸。

"我已请求过姐姐别再索要粮食了！"

身为领主的弟弟几乎是在哀求。织里公主让他放宽心，吩咐隆国讲述上游治水的事。

"高丽人的事我可以让内人拜托岳父……可是姐姐，你打算去哪里找壮工？"

"这个嘛，当然要交给弟弟你了。这点事都办不好，要你这个领主做什么？在领地内外张榜也并非难事。"

"姐姐这是让我措手不及啊……"

为芳生性胆小，反过来说也是一个谨慎之人。他担心动用百姓和军队去治水，万一有紧急军情便难以御敌。

"御敌之事可否托付给主公的岳父大人？"隆国上前建议。

---

① 高句丽被灭国后移居日本的原高句丽人，集居在高丽郡，被日本人称为"高丽人"。他们将中国先进的技术和文化等带到日本。

"不瞒你说，我也不确定岳父是否值得信任。如果他趁我们兵力薄弱之时攻打进来……先不论好坏，他毕竟是一个野心家。"

"他的领地内有一条更大的河，上游地带同样经常泛滥。虽然向人请教了治水之道，实施起来还是难免磕磕绊绊。不过若是在我们结城家的领地先行尝试，想必他们未来的工程也可顺利实施。"

隆国建议为芳向拥有庞大领地的岳父暗示其中的好处，并表示结城家领内的治水工程将成为绝佳的范本，至少在工程完成之前，他们没有理由攻打过来。

"你的话也有道理，可毕竟事关重大……"

不仅是人手的问题，治水堪称劳民伤财的大工程，为芳也不敢轻易应允。等得不耐烦的织里公主迅即起身，一个箭步从外廊跨入院中：

"隆国，你过来。"

隆国谨遵织里公主的命令，跪在她面前。

"姐姐，你这是何意?！"

为芳见她手握竹根制成的马鞭，急忙问道，却为时已晚。

织里公主右手手起鞭落，只听啪的一声，马鞭重重击打在隆国的背上后抖动个不停。竹根做的鞭子虽细，却能深入皮肉。织里公主面不改色，一鞭接一鞭地抽打着自己的侍从。

隆国背后的衣服很快裂开一道道口子，鲜血从其中滴滴渗出。他却只是咬紧牙关，一声不吭。

"住手……请住手吧，姐姐！"

"弟弟若是拒绝我的请求，我就在府邸东边的河岸上向所有人公开展示这一幕，你意下如何？"

东边的河岸乃商贩云集之地，也是领地内最为繁华之处，若是让人们看到领主的疯姐姐鞭打家臣，流言便会像长了翅膀一样传到领地之外。

织里公主为达目的而冷面痛打手下的形象宛如恶鬼附身，令为芳浑身颤抖，再也看不下去，大喊道：

"是我们仙逝的父亲指派他铲除人见冬嗣的！"

刺耳的竹鞭声戛然而止，庭院陷入一片寂静。

忍痛至今的隆国扑倒在地。

人见冬嗣的父亲曾是结城家的家臣，因谋反被问罪处死。据说他到死都在喊冤，妻儿也对他的清白深信不疑。

冬嗣是家中幺儿，父亲死时年方三岁，从小就被母亲和兄长们灌输对父亲之死的憾恨。为了隐姓埋名，冬嗣成了别人家的养子。他为结城家效力本就抱着复仇的目的，织里公主成了他再好不过的利用工具。

无论多么勇猛，为辅终有老去的一天。只要入赘结城家，再伺机除掉织里公主和为芳，便能断绝他的血脉——这便是冬嗣的意图所在。

"得知冬嗣和你过从甚密，父亲便暗中调查了他的背景，从他身边的众人口中逐渐勾勒出实情，了解到他的狼子野心。"

一病不起的为辅只对儿子说出了真相。

"父亲本欲将姐姐许配给隆国，便去找真木父子商量。隆国不愿姐姐得知真相后痛不欲生，提议由自己暗中处决人见冬嗣。"

"果然是父亲的意思。"

听织里公主这么一说，还在支支吾吾的为芳惊得抬起头来：

"姐姐，莫非你早就知道？"

"不，我做梦也想不到冬嗣大人怀抱着那样的野心……"

她对真相一无所知，最初一直坚信是隆国为了一己私欲暗算了她的心上人。然而两人相处整整七年，织里公主早已清楚真木隆国的为人，便想起了他当初的话：

"我从未做过难以向主公启齿的愧对良心之事。"

于是，织里公主逐渐开始怀疑是父亲命令他杀死了人见冬嗣。父亲对门当户对从来无执念，这么做想必有其苦衷。

虽然父亲性格粗鲁，心地却是善良，或许是对夺走女儿心上人一事心怀愧疚，这才任凭她索要粮食。

"所以姐姐，请不要再继续折磨隆国了。"

"他是我的手下，任凭我处置。"

织里公主重申了刚才对弟弟的要求，离开了领主的房间。

庭院中的橘树上开着和七年前一模一样的白花。

织里公主曾经的闺房现如今被用作休息室，隆国在屋里包扎了伤口，正趴着休息。

织里公主一走进房间，脸侧向一旁的隆国就睁开了眼。

"还疼吗？"

"不疼了。"

隆国缓缓起身，在公主面前正襟危坐。

"你有什么要对我说的吗？"

"属下只想问公主，是否真的下决心治水？"

"不然我也不会为难为芳。"

"工程将耗费数十年的时间，也无法保证成功。不仅耗资巨大，万一失败，公主也要承担责任。"

"你不愿陪我共度这数十年？"

"绝无此意，自从手刃人见冬嗣，属下便在内心起誓，要终生向公主赎罪。"

"那便无后顾之忧了，我早已习惯受人责备，谁让我是结城家的鬼公主呢？"

织里公主留给隆国一个不羁的笑，走到庭院的外廊上。

"啊！"

"公主！"

"是公主！"

耳边传来咋咋呼呼的声音，织里公主这才发现橘树下有三张熟悉的小孩面孔。

"是你们啊，许久不见。"

织里公主走进院子，怀念地打量着三人：

"你们果真不是凡人，七年过去了，没有一丝变化。"

"那当然。"

"自从上次分别，我们马上就赶到了这里。"

"只要比光跑得更快，就能前往未来。我们担心公主，所以穿越时间而来，不过……"

三人都笑嘻嘻的：

"还好，你没变成鬼。"

"没变成人鬼。"

"公主没变成人鬼，真是太好了。"

"抱歉，要让你们失望了，人们都叫我鬼公主。"

"不，公主还是人，没有变成鬼。"

大嘴巴孩子道，又和另外两人一起兴高采烈地喊着"太好了，太好了"。

阳光灿烂的笑脸和银铃般的笑声构成一幅幸福的光景，看着这一幕，织里公主打心眼里感到满足。

"您怎么了，公主？"

听到隆国在身后问，织里公主回过头去。

"那棵橘树有什么特别吗？"

隆国似乎大为不解。

当织里公主再次看向橘树时，回顾过去的鬼已不见了踪影。

"没什么……看来在你的拖累下，我没能成功化身恶鬼。"

织里公主抬头看着树梢，一个淡褐色的团块从她的胸口跃出。

***

"玄鬼！取出来了，鬼芽被我取出来了！"

大嘴巴男孩小心翼翼地抱着鬼芽连滚带爬朝他奔来。

原本瘫倒在河边的玄鬼费力地爬起身，黑光油亮的身体上满是汗水，呼吸也很急促。即便如此，他还是饶有兴致地盯着大嘴巴男孩伸过来的手：

"这就是鬼芽？我还是第一次见。"

鬼芽有着海螺般弯弯绕绕的可怕形状，颜色却是温和的淡褐色。玄鬼解开缠在脖子上的铁丝般的细绳，用它穿过褐色的海螺。他又拿起倒在一旁的锡杖，将绳子系了上去。

"那两个木偶呢？"

"啊，把他们给忘了。"

大嘴巴男孩这才想起自己因为太高兴，把大耳朵男孩和大眼睛男孩丢在了身后。

"我还是不太会操纵，没法分别做动作。让他们说话更累人，只能按顺序讲些简短的词句。"

"凭你的能力，也只能做到这样了。"

"我去把他们带来。"

"等一等！"

玄鬼制止了大嘴巴男孩，挥了挥锡杖。杖顶的锡环叮当作响，大嘴巴男孩的身体伴随着一阵白光消失，取而代之的是一副红色的身躯。

红色小鬼用双手摸了摸自己熟透的柿子一般的身体，摇了摇长着绿头发的脑袋，得知自己回归原状，松了口气。

"非要把你分成三个，那位天女还真是不嫌麻烦。"

"她说回顾过去的力量太过强大，如果直接进入我的身体，会让我四分五裂。所以才要从我的身上取下血肉做成人偶，将飞毛腿和千里眼的力量注入其中，由我来驱使。"

大耳朵男孩的飞毛腿可以带他们瞬间前往遥远的星球，只要再用大眼睛男孩的千里眼就能看见过去发生的事——回顾过去的力量就是由这两部分构成。

“这我当然知道。”

玄鬼拍了一下小鬼的脑袋，说道：

“不过每次都要跑这么远，我的身体也吃不消。”

因为使用了回顾过去的力量，小鬼精疲力竭，是玄鬼扛着三人飞越了七年的时光。被打了一下的小鬼捂着从头顶绿发间冒出的拇指粗细的犄角，向玄鬼道了歉又说道：

“好在我们总算摘掉了鬼芽，阿民也没有变成鬼。”

“刚开始就这样，前景不乐观啊。记住，下次别让我这么费力！”

二鬼的漫长旅途就这般拉开了序幕。

拥有智慧的代价是被定罪。

于野兽而言尚且平常，于人则成了罪，使人疯狂。

日积月累，智慧更胜从前，禁忌随之而生。

揽绳自缚，徒劳无益。

唯独遗忘是其仅有的出路。

***

她躲在树荫下喘着气，看见知了的尸体落在脚边，嫌碍事，想一脚踢开，不料看起来已经死去的知了却叫唤着微微扭动起身躯。

"死而不僵的家伙，还不快去见阎王？"

这句话听来也适合她自己，这让婆婆很不痛快，眉头也皱得更紧了。

拐过前面的转角就是她居住的那个大杂院的木门，婆婆觉得这段路似乎很漫长，摇摇晃晃地重新背好身上的箱子。

上了年纪后，原本习以为常的吃饭家伙变得越来越重。她担心自己坚持不了多久，不知不觉开始成天盼望平静地离去。

可每到这种时候，她总感觉心神不宁，似乎自己遗忘了什么重要的东西。她试图回忆却找不到线索，只能被烈火灼心般的焦躁折磨着。

最近这种情况愈演愈烈——想到这儿，婆婆走出了树荫。

"针婆婆回来啦？"

"今天生意好吗？"

一踏进木门，欢快的招呼声便迎面而来。说话的是大杂院的邻居小梅和阿爽，两人今年都是八岁。

"别提了，没卖出去多少。"

婆婆像平时一样不客气，两个女孩却笑着抬头看她。

"婆婆你看，漂亮吧？"

阿爽举起双手，身旁的小梅接着说：

"是爹爹买给我的。"

阿爽的手上有一颗由五彩丝线装点的手鞠①，看见这一幕，针婆婆暗自吃了一惊。

"可我总是拍不好，最多弹起来五六下。"

小梅说。

—————————

① 又称手球，飞鸟时代（相当于盛唐时期）从中国传入日本，早期是只限用于贵族女眷之间的游乐玩物，后随着木棉花种植普及，棉线更易入手，平民百姓间也流行手鞠游戏。

"那是因为地面太软，大概在石板路上会好点。"

针婆婆擦着额头上的汗说道。到了这把年纪，大夏天都很少出汗，她知道自己流汗是有别的原因，又目不转睛地盯着阿爽手中的球。

脸上的皱纹使婆婆看起来好像总是眉头紧锁，她也的确不苟言笑，让邻居们敬而远之——除了小梅和阿爽。

两个女孩不仅同岁，还特别要好。她们从早到晚黏在一起，简直像一对亲姐妹。两人都不害怕针婆婆，一见面就跟她说个不停，还给她起了"针婆婆"的外号。

她当然不叫这个名字，可到了这把岁数，人们见了她都叫"婆婆"。她的真名逐渐被人淡忘，如今连大杂院的管事都未必记得了。

也不知是小梅还是阿爽曾经问起她的名字。

"过去的名字我也忘了，我只是个老太婆。"她自我挖苦道。

"那我们就叫你针婆婆吧，因为你卖的是针线嘛。"

从此以后，大杂院的邻居也都这么叫她。

针婆婆背着带抽屉的木箱在街头叫卖针线，这样的小贩以年老女性居多。

她向来脾气古怪，高兴也不露出来，不过心里是很疼爱跟自己亲近的小梅和阿爽的。

与此同时，见到两人总会让她心中焦躁，急于回忆起一些事。那种感觉就好像刚才的知了趴在她后颈上边叫唤边扭动身体，很是难受。

"河对岸的稻荷神社就有石板路。"小梅说。阿爽立刻点头：

"我们这就去吧。"

"现在？明天再去吧。"

望着偏西的日头，针婆婆担心地道：

"听说河对岸这阵子经常有人袭击小孩，你们两个女孩子会被一起拐走的。"

这是在行商途中从顾客那里听来的传言——不论男孩女孩，都会被歹人拖入阴暗角落，衣服也割得稀烂，可谓九死一生。嫌犯似乎是一个三十岁上下的男子，在官府的严加追捕下依旧逍遥法外。

针婆婆故意把事情说得很可怕，但是对孩子来说，手鞠游戏可比未知的灾难要吸引人得多。

"没关系，很近的。"

"在石板路上拍一拍就回来。"

两人各说各话，嘻嘻哈哈地跑出了木门。

"真是不听话的孩子，等遇上事可就来不及了。"

婆婆边发牢骚边用双手拉开自家摇摇晃晃的房门。

平时屋里都会蹿出一股子闷热气，今天却换成了一阵凉风。婆婆还来不及享受这份轻松惬意，就立刻睁大了双眼。

"欢迎回家。"

"你回来得好晚，针婆婆。"

"我们等你好久了。"

区区三帖①榻榻米大的小房间里出现了三个孩子。

"我们是回顾过去的鬼。"

"来报答你刚才给的豆沙包。"

"吃了你的包子，我们带你看过去。"

面对大惊失色的针婆婆，三人从右至左依次解释。

他们比小梅和阿爽还要小个一两岁的样子，额头都向前突出，长相特异。右边的男孩长着夸张的招风耳，中间那个眼睛硕大，左边的那个嘴巴大到能塞进成人的拳头。

居然妄称自己是鬼，这帮孩子吹牛也过了头。事到如今，针婆婆才后悔自己招惹了麻烦。

---

① 日本常用面积计量单位，一帖榻榻米约等于1.62平方米。

刚才一位相熟的裁缝寡妇好心替她消暑，不光请她喝了大麦茶，还给了三只豆沙包。高高兴兴的婆婆原本想把包子带给小梅和阿爽，没料到刚走出寡妇的家门就碰上了这几个男孩。

孩子们不像与她偶遇，反倒像是在守株待兔。三人眼馋地望着婆婆手中装豆沙包的包裹，目不转睛。他们披肩的长发上满是灰尘，身上穿的是破衣烂衫，咬着手指抬头看人的样子让婆婆实在不忍心拒绝，哪怕她并不是什么热心肠的人。

三只豆沙包配三个男孩，太过巧合的一幕让针婆婆眉头皱得更紧了。

她打开包裹，将豆沙包摊到孩子们面前。三人都抬头望着她，像是在确认。婆婆默默地点了点头，眨眼工夫三只豆沙包就消失在他们的口中。

"好吃！"

"真好吃！"

"从没吃过这么好吃的豆沙包！"

三人嘴里塞满了大包子，喜笑颜开：

"报答。"

"要报答婆婆。"

"带你看过去，报答你的豆沙包。"

大嘴巴男孩最后一个开口。虽然听不懂他们在说什么，针婆婆还是一口回绝，转身就走。她可不想跟这几个乞丐模样的孩子有什么瓜葛，甚至担心他们假称答谢，兜售些古怪玩意儿给自己。

见三人没有纠缠，婆婆也就放松了警惕，却万万没想到他们居然追到自己家里。

"还要给我看什么过去？真是吹牛不打草稿。"

针婆婆听完孩子们的话，嘀咕道。

这简直比杂技团展览的河童①还要假——婆婆决心不予理会，把他们赶走。想到这儿，她背着箱子一屁股坐在地上：

"真不巧，我没什么过去好留恋的。"

"没有吗？"

"一点都没有？"

"婆婆不想看过去的事吗？"

不知为何，孩子们总是从右至左一个个说话，大耳朵和大眼睛男孩口齿不太伶俐，回顾过去的夸夸其谈每次都由最后那个大嘴巴孩子来简单说明。

---

① 日本传说中的妖怪。

74

"没有。我年纪是很大了，却没经历过想回味的快乐往事。"

针婆婆这么说倒不只是为了赶走孩子，也算吐露了真心话。她死去的丈夫嗜赌如命，两个儿子也是从小闯祸不断，早就让她伤透了心。他们如今想必是过着流浪生活，二十多年杳无音信。

"再往前呢？"

"更早以前。"

"婆婆小时候的事呢？"

听到这个问题，她心中一阵刺痛，像是被针扎了一下。

"也不想去回忆……我爹不会经营生意，生活总是没起色，我娘又爱发牢骚。成天被他们唠叨，真是受够了。"

她十四岁就出门帮工，心里倒觉得轻松了不少。一想到自己不用再回父母和弟弟们住的大杂院，胸中就好像有块石头落了地，让她能像鸟儿一样飞去任何地方，畅快无比。

不知不觉间，婆婆就把这些话都跟三个孩子说了，回过神来，他们正抬头盯着她看。

"真的只有这些？婆婆只是想逃避父母吗？"

大嘴巴男孩一脸认真地问道，这话让婆婆心中一凛。她想起自己的确对娘家人感到厌烦，然而她的父母兄弟都和普通人家没什么两样，至少远远强过出嫁后那个四分五裂的家庭。

她真正想逃避的是——

想到这里，她脑中就好像突然起了一层白雾。这绝不是第一次，每当她试图回想儿时的情景，记忆就会被不知从哪儿来的雾气遮盖，最近她总是因此心事重重。

这多半是因为小梅和阿爽。婆婆只要一看见她俩，就隐约能在那片雾气中目睹一个黑影。影子越来越浓，却始终不现原形。她也不知那究竟是人还是别的什么，只感到一股黢黑的不安压在心头。

"如果我想看……可以看到任何过去的事？"

婆婆不认为自己信了孩子们的鬼话，给自己的借口是暂时陪他们玩玩，但她还是忍不住这么问。

三人同时重重点头，拍着胸脯道：

"什么时候？"

"你要看什么时候的过去？"

"只要在心中默想时间和地点，我们就能给你看。"

"……我记不太清了。"

针婆婆紧抿着周围布满皱纹的嘴唇，显得不知所措。事情已经过去五十多年了，别提时间地点了，她甚至不确定自己想看的是什么。

"那可不成。"

"嗯，你自己都不知道，我们是没法给你看的。"

大耳朵和大眼睛男孩说道。婆婆觉得自己上了对方的钩，突然羞愧起来：

"哼，知道你们会说这种话，反正一开始就打算这么糊弄我吧？我是个快痴呆的老人，不可能把时间记得那么清楚。"

"不是的，时间地点这些细节不重要，但是婆婆你不确定自己要看哪一段过去，我们就无能为力了。"

大嘴巴男孩的解释听起来还怪有道理的，反而更让婆婆觉得自己上当了。她狠狠瞪了他们一眼，开始赶人：

"那就不能接受你们的报答了，好意我心领了，快回家吧！"

"那可不行。"

"没办法，我们等你。"

"等多少天都行，直到婆婆想起来为止。"

"什么，要赖在这里不走？！别开玩笑了！假装好人，原来是要占我便宜！"

婆婆口沫横飞地抗议道：

"这么小的房子容不得你们住，而且吃饭怎么办？我卖针线只能勉强养活自己。"

"不用担心。"

"我们会去弄吃的。"

"今天没有收获，你先用这个将就吧。"

三人若无其事地依次说话，最后开口的是大嘴巴男孩。就在这时，门外传来两声甜美的呼唤：

"针婆婆，娘让我给你送吃的。"

"针婆婆，我娘也请你吃东西。"

婆婆打开门，看见小梅和阿爽站在眼前。她们都带了吃的——小梅抱着的笸箩里有一整块豆腐，阿爽则抱着一根夏萝卜①。

"这些……都是给我的？"

针婆婆不善与人打交道，也很少有邻居会把食物分给她，就算偶尔有之，量也都只够她一个人吃。同时收到这

_____

① 一般指春季播种、夏季收获的萝卜，因不是应季种植，口感不如冬萝卜，水分较少，甜味较差，因此售价更便宜。

么多豆腐和萝卜，让她根本连想都不敢想。

不过看见小梅和阿爽的笑脸，针婆婆还是欣然接受了馈赠：

"真是帮了我大忙，刚巧有几个古怪的客人过来，正让我发愁呢。"针婆婆说着朝屋里指了指。

"客人？"

"在哪里？"

两个女孩疑惑地看向房间，又抬头望着针婆婆。

"不就在那边吗？"

明明三个男孩就并排坐在三帖榻榻米大的房间里……针婆婆疑惑地来回看着屋内外的几人。

"没有人啊。"

"嗯，没有。"

两个女孩互相看了一眼，朝对方点了点头。

"哦，我是说……他们快来了。"

婆婆急忙敷衍过去，女孩们并未起疑，不约而同地笑了。

"针婆婆说得对，稻荷神社的石板路把球弹得好高好高。"

阿爽兴高采烈地道，小梅也很起劲：

"阿爽好厉害，连着拍了二十下。"

"那可了不起，很快就能拍到五十、一百下了。"婆婆道。

"真的吗?！"两人都开心地拍起手来。

太阳转眼下山了，西边的天空只剩下一丝微光。见两人赶在天黑前回家，针婆婆也就放了心：

"不过别在外面待到太晚，刚才我也说了，有怪人四处转悠。"

针婆婆又叮嘱了两人一遍，道完谢便送走了她们。

从第二天起，婆婆出去卖针线的路上都会有三个男孩跟着。

针婆婆向来疑心病重，对孩子们自称是鬼不敢全信。不过，她也不得不承认他们的确并非凡人。

除了婆婆自己以外，没人看得见三个孩子，而且他们还会用奇妙的法术。

"大热天的，你还真有精神，拿这个垫垫肚子吧。"

不管走到哪儿都有人给吃的，不是青菜就是油豆腐，就算加上三人的饭量也绰绰有余。

"好吃！"

"真好吃！"

"从来没吃过这么好吃的饭！"

三人大口咀嚼着手中的大饭团，吃得津津有味。自打一个人过日子，嫌麻烦的婆婆总是简单对付三餐，不过她其实不讨厌做饭。看孩子们吃得高兴，她做起家常菜来也充满干劲。

"瞧你们，又掉得到处都是，就不能改改吃相，别像小狗崽子一样吗？"

三人好像不会用筷子，婆婆就给他们做了饭团。可他们连青菜、油豆腐和煮萝卜都用手抓着吃。

"要是能弄到鱼，就给你们做好吃的。"

"不要，鱼太腥了！"

"我们吃不了腥臭的东西。"

"听起来像和尚，你们真的是鬼吗？"

大嘴巴男孩张开沾满米粒的大口，笑道：

"我们是吸收草木精华的鬼，平时住在远方的深山里，那边现在也很凉快，不会把人给热蔫了。"

婆婆一直好奇为什么孩子们在身边时自己会感到凉风阵阵，也不那么怕热，这回总算明白了。

他们身上还泛着苍翠山林的清香——不光是婆婆有这样

的感觉，行商休息时也会有很多人围上来。拜此所赐，她不必在烈日炎炎中穿街走巷，生意却异常兴隆。

"还没有想到想看的过去吗？"

三人时不时会想起这件事，婆婆却依旧毫无头绪。

到了新月渐渐变成满月的时候，婆婆觉得就这么和三个人一起生活下去也不错。可是小鬼们一天比一天没精神，让她格外担心。尤其是大耳朵男孩和大眼睛男孩，动作渐渐变得迟钝，几乎连话都不说了。最近两三天他们也不跟着出门，只是在家休息。

"胃口倒是不差，是中暑了吗？"

她在卖针线的途中忧心忡忡地问，一旁的大嘴巴男孩也同样无精打采地回答：

"那倒没有，只是很难再维持人形了。我们还是第一次在人群中待这么久，多亏了婆婆做的饭，才让我们可以勉强支撑。"

他笑得很疲惫。

"怎么不变回鬼？反正只有我能看见，就算你们变得奇形怪状，我这把老骨头也不会害怕的。"

"不行，只有维持这样的形态，才能用回顾过去的法术。等婆婆看到过去，我们才算大功告成。"

"是吗？"

婆婆心里有点过意不去，开始琢磨是不是该随便挑一件往事让她看完了事，然后好送三人回家。

可是，就在小鬼们上门后的第十二天晚上，阿爽被人杀害了。

这一天，天黑也不见女孩们回来，小梅和阿爽的父母以及邻居们都惊慌起来。

"先分头到附近找找。"

正当管事准备发动大伙帮忙时，一个娇小的人影出现在门外。

"小梅？我的小梅！你去哪儿了？！"

小梅的父母急忙奔了过去。

小梅是一个人回来的，身旁不见阿爽。

"小梅，阿爽没有跟你在一起吗？！"

阿爽的母亲跪在小梅身前，摇晃着她的肩膀。

小梅张嘴想说话，却吐不出字，只是一个劲地喘气，看来是受了惊吓。大人们把灯笼提到她面前，只见她小脸煞白，嘴唇也泛着紫色。

"告诉我，阿爽怎么了？你们去哪儿了？"

待在孩子父母身后的针婆婆察觉到了异样——与小梅和阿爽如影随形的手鞠不见了。

"小梅，你刚才……是在河对岸的稻荷神社吗？"

小梅打了一个激灵，仿佛从噩梦中醒来，她将灯光下惨白的脸转向针婆婆，忽然泪如泉涌：

"阿爽……阿爽她……"

小梅双手捂脸，两腿一软，眼看就要倒下来。阿爽的母亲抱住她道：

"告诉我，阿爽怎么了？！"

"被不认识的叔叔抓住，扔进了池塘……"

对岸的稻荷神社里的确有座池塘，两人就是在那里玩的。大杂院的男人们立刻赶过去，找到了漂浮在水面上的阿爽和手鞠，可惜女孩已经没了呼吸。

次日，管事陪同城里来的官差一起向小梅询问细节：

"我再问一遍，太阳快落山了，你们正准备回来，然后那个男人出现在神社？"

"是的。"

"他长什么样？"

"大概三十岁，个子很高，表情很吓人。"

毕竟对方是小孩，只好问了又问，可小梅的答案每次都如出一辙，官差也认定她说的就是事实。可是一听官差问起男人的相貌，女孩便连连摇头：

"他脸上一片黑，看不清楚……"

按小梅所说，男人出现时天色并未完全暗下来。也许是因为背光，也许是女孩因过度惊吓而遗忘，总之她说不出男人的长相。

"这是第四个受害人，终于闹出人命了……必须抓到凶手，以告慰女孩的在天之灵。"

尽管官差愤慨激昂，全力投入搜索，那个男人却始终逍遥法外。

阿爽的双亲一天比一天憔悴，邻居们也不知该如何宽慰。大杂院仿佛笼罩在一片乌云之下，其中的每个人都心情沉重。

"这可怎么办才好？"

望着独自蹲在大门口丢沙包玩的小梅，针婆婆叹了口气。或许是怕勾起伤心的回忆，自那天起小梅就没再拍过球了。针婆婆实在不忍心看到她那副孤零零的样子。

"我想好让你们给我看哪一段时间了。"

几天后，针婆婆终于下了决心。

"你终于想起那个时间了吗？"

坐在地上的小鬼开心地张开大嘴巴。

"不是，我想看阿爽死的时候。"

"回顾过去的机会只有一次，针婆婆，你确定吗？"

"好歹得把凶手抓到，不然阿爽也太冤了。小梅一个人孤零零的，更可怜。"

就算抓到凶手，阿爽也不能复活。但是那样一来，至少可以让小梅和大伙儿稍稍得到安慰，这也是婆婆能想到的唯一主意。

"好的，包在我们身上，针婆婆，等着看吧。"

大嘴巴男孩拍着胸脯道。与此同时，仰躺在屋子角落里的另外两个孩子也腾地坐了起来，两人都只有上半身在动，像是被一个蹩脚的木偶师牵着线，把婆婆吓了一跳。

但是他们又像以往一样按次序并排坐下，仿佛之前从未沉睡不起，一个个睁大眼睛抬头看着针婆婆。

"针婆婆，在心中许愿吧。"

"许愿看到过去。"

"许愿看到阿爽死时的样子。"

针婆婆闭上双眼，双手在胸口合十。她耳畔突然响起一声尖锐的啸鸣，双腿也站立不稳。婆婆一向走街串巷，腿脚很是结实，便再双足发力，勉强稳住身体。

"婆婆，那就是你想看的。"

三人只闻其声，不见其人，这话也不知是其中哪个说的。

"在哪里？这么黑，什么也看不见。"

"你仔细盯着前面看，就在那里。"

大眼睛男孩不知何时来到她的身旁，手指前方。婆婆聚精会神向前看，发现男孩手指前方的黑暗渐渐淡去，直到露出一个圆形的空隙，让人有种从池底向外张望的感觉。

"看见了……那是小梅和阿爽。"

针婆婆偶尔也会去河对岸的稻荷神社。在工艺粗糙的木质鸟居①和不起眼的神社间，有一条白色石子铺就的道路，供善男信女前来参拜。在这个熟悉的地方，小梅和阿爽正玩着手鞠。

让人很难相信的是，仅仅数日之前，一切都还是那般安详平静。婆婆不禁热泪盈眶，但她的伤心怀念也没能持续多久。

眨眼间，一场悲剧席卷了两名少女。最终，阿爽的尸

---

① 日本神社建筑之一，位于入口处。

体和手鞠一同漂浮在水池之上——整个过程被针婆婆尽收眼底。

"这究竟……是怎么回事？"

婆婆只觉口干舌燥，勉强挤出的说话声听起来也不像是她自己的。

"刚才是你们给我看的幻象？"

"我们不会制造幻象，那是真实发生的事。"

大嘴巴男孩一脸认真地抬头望着她。他们不知何时已经回到了大杂院的屋子，针婆婆却对此浑然不觉，步履蹒跚地走出了房门。

她经过三间房，出了大杂院的木门，发现小梅就站在旁边。针婆婆仿佛突然老了十岁，摇摇晃晃靠近她。

"小梅，你……"

后面的话无论如何都说不出口，她只能跪坐在小梅面前：

"小梅……那天你和阿爽去玩手鞠了吧？后来发生了什么？"

"我说过了，有个可怕的叔叔把阿爽……"

"不是那样的，你们两个有没有吵架？"

小梅吃了一惊，又缓缓摇头：

"没有，我和阿爽从来不吵架。"

"小梅……"

婆婆用自己瘦骨嶙峋的手紧紧握住小梅的双手，令后者手中的沙包发出一阵刺耳的摩擦声。

"你说真话，婆婆不生气，那天你和阿爽为了抢手鞠吵起来了吧。"

回顾过去的法术无法重现声音，但是婆婆依然能猜到两人争执的源头。

两人一开始说好轮流拍球，没拍起来时就要把球交给对方。可是阿爽技术好多了，经常能连拍三四十下，小梅却怎么也学不会，只能拍到十来下。

手鞠本来就是小梅的，可她能玩到的时间却短得多，这让她很不乐意。于是小梅率先发难，阿爽也不肯退让。

不一会儿，两人在争抢中失手将手鞠丢进了池塘。她们急忙蹲在池边，用树枝去钩，手鞠却慢慢漂到了池塘中央。池塘面积虽然不大，可正中的位置就算成年人用长竹竿都不一定够得着。

"都怪你，害我的宝贝球球丢了！"

小梅忍不住发火。

"下去把球捡回来，要不然我不会原谅你的！"

婆婆能想象小梅手指水池时说的话。此刻正值盛夏，水下布满了藻类和水草。跳进池塘的阿爽很快就被缠住了腿，她把头伸出水面挣扎了一会儿，最终力竭沉底。

针婆婆就和坐在池塘边的小梅一样，只得浑身颤抖、无能为力地看着阿爽沉下去。

"你们抢球的时候把球丢进了池塘……阿爽为了捡球沉到了水底，对吗？"

婆婆实在不忍心指出是小梅命令阿爽这么做的。

小梅微微睁大双眼，却再无别的反应，稚嫩的脸蛋上也不见惊恐之色：

"我们没抢，球就在阿爽手上……那个男人把她和球一起扔进了池塘。"

小梅直勾勾地盯着针婆婆，说起话来毫无停顿，眼神和语气也不像是在撒谎。

"那孩子用了遗忘的咒语。"

婆婆闻声望去，只见大嘴巴小鬼就站在旁边，他说道：

"因为承受不住负罪感，就把责任怪到别人身上。撒谎的次数多了，连自己都信以为真。"

官差每隔一天就会来问小梅有没有想起男人身上的特征，小梅就会把话再重复一遍。

"小梅……怎么会……"

针婆婆望着小梅茫然出神，小梅也一脸不解地看向她。没过多久，听见母亲在大杂院门口喊自己，小梅便答应一声，踩着吧嗒作响的草鞋回了家。

"那孩子真的把一切都忘了？"

婆婆蹲坐在木门边上，连站起来的力气都没有。一只小手摸了摸她的后背：

"只有选择遗忘，小梅才能好好活下去——像这样软弱的人才需要遗忘的咒语。"

"软弱的人为了活下去……"

"针婆婆应该也用过同样的咒语。"

"我？"

小鬼抿着大口，点头道：

"针婆婆，回想起来吧，你在很久以前也犯过和小梅同样的错。"

"你在说什么……"

"你也用了遗忘的咒语。"

婆婆睁大了周围满是皱纹的双眼。

她脑海中闪烁着强光，很快，光线化为一股奔流，窜遍她的身体。

“小仙——”

针婆婆吃惊得一屁股坐倒在地：

“是我……害死了小仙……”

针婆婆猛然回想起了被深埋在遥远记忆中的一切。

她带着父母买给自己的手鞠和好朋友小仙一起玩，可两人却争抢了起来，脱手的球飞上屋顶，卡在了檐沟上。

“不把球拿回来，我就再也不理你了！”

婆婆的耳畔回响起自己愤怒的声音。

她说完就回了家。没过多久，小仙从房顶跌落，一命呜呼。压在梯子下已然断气的小仙，手上还紧紧抱着球。

这件事与小梅和阿爽的争执惊人地相似。

“我明明害得她惨死，为什么直到现在才想起来？！”

针婆婆不禁用双手捂脸。那只小手抚着她的后背，像是在安慰她：

“就连成年人都经常用遗忘的咒语，别说小孩子了。”

“我该怎么办？做了不可饶恕的事……告诉我，要怎么偿还？”

针婆婆哀求般地问小鬼。可就在这时，一个人眼不可见的黑色团块从她口中飞了出来。

转瞬间，她眼前的小鬼便如烟雾般消失了。

"等等，你去哪儿了?! 连你也要丢下我吗?! "

"别担心，针婆婆，你已经没事了。"

婆婆虽然看不见人，但还能听见身旁小鬼的声音，于是四下寻找起来。

"你心里的结解开了，所以看不见我们了。"

"怎么会这样……以后再也见不到你们了吗？"

"多关心小梅吧，背负着同样罪过的孩子被带到了婆婆面前，这就叫因果循环。"

针婆婆听懂了小鬼的意思，她明白，照顾小梅就等于是在告慰小仙的在天之灵。

"针婆婆，谢谢你，你做的饭真好吃。"

这是小鬼最后的声音。一阵黑色的旋风刮过，仿佛是把他卷走了。

***

"啧，还是起不来。"

恢复了红色身躯和绿色头发的小鬼依旧紧闭双眼。无可奈何的玄鬼掰开他的右手，看见里面卧着一颗黑色药丸般的鬼芽。

"这玩意儿真硬得离谱，不愧是有年头的东西。"

玄鬼费了九牛二虎之力才把鬼芽穿进锡杖顶端的细绳。

"马不停蹄九百年，也该撑不住了。"

小鬼紧闭的双目周围有一圈深深的黑眼圈，身体也了无生气。

"天人们才不管他的死活……也难怪，谁让我们咎由自取？"

玄鬼回忆起九百年前的往事，对鬼族来说，那也不算特别遥远的过去。

"请你带阿民看看过去！"

小鬼带着一个女孩翻山越岭前去求他。

回顾过去的法术是天人的能力，虽然法力强大的鬼也可以掌握，但是没有天人的允许是绝对不能擅自使用的，更别提是用在区区凡人的身上。玄鬼自然不会理他。

可是，玄鬼终究没能抵挡欲望的诱惑，这才一失足成千古恨。

"这家伙的身体也不知道还能不能撑过百年。"

这股黑旋风单手抱起小鬼的红色身躯，朝后者在远山的故乡飞去。

恐惧化身诅咒，将人牢牢捆绑。

为了逃出魔掌，凡人仰仗神明。

他们建造神社祠堂，在圣物前俯首叩拜。

然而神明救不了他们。

敬畏无法驱散恐惧，

远虑方可使之无虞。

***

——岂有此理！

在田埂上行走的驹三心中不断重复着这句话。

驹三的肩膀因愤怒而颤抖，眼神凌厉地投向被大雪覆盖的农田，仿佛在瞪视着杀父仇人。

他头也不回地路过自家简陋的茅草屋，不顾妻女还在里面等着他。经过邻居家门口时，有人叫住他：

"喂，驹三！你要去哪儿？村长家的会开完了吗？"

隔壁邻居金次是驹三从小的玩伴。两家离得很近，他的声音却有气无力，好像转眼就会消失在风中一样。

"闭嘴！再也不想听到什么村长、什么开会！"

驹三怒吼道，似乎要把卷起阵阵雪花的狂风吹散。金次目瞪口呆地望着他，被狠狠瞪了一眼。然后，驹三又大步流星地朝前走去。

"驹三，再往前就是鬼神祠堂了，天快黑了，去那里会撞邪祟的！"

"废话，我就是去撞邪祟的！"

"你说什么？我听不见！"

金次的声音越来越远，驹三驻足回头，用尽全力喊道：

"从今天起我要变成恶鬼！把这座村庄闹个天翻地覆！"

他再度转身走向茂密的树林，没有听到金次的回答。

雫井神社连白天都光线暗淡，到了傍晚更是看不清脚下，不过从小在此地长大的驹三就算闭着眼睛也能找到路。走了没多远，他眼前的路豁然开阔，露出正中央的祠堂。

雫井神社是雫井村唯一的神社，却没人用这个名字称呼它。传说这里没有建造鸟居，是因为人们害怕其中供奉的御神体①。

---

① 日本神道认为的神寄宿的物体，也是崇拜的对象。

神社连神主①都没有，无论何时到来，这里都似与世隔绝一般悄无人声。只是从前村民们还时常前来打扫，将祠堂收拾得干干净净，也不曾中断供奉。

然而如今没人有余力这么做，这座比村中个子最高的驹三只微微高出一点的祠堂已然被白雪覆盖，遍布冰霜。

驹三拨开积雪，仿佛是将祠堂从雪中挖了出来，又用搭在脖子上的手巾在门口草草掸了掸。

他双膝跪地，面对紧闭的祠堂门双掌合十：

"鬼神爷，我恳求您让我也变成和您一样的鬼吧！"

他闭目垂首，专心祈祷：

"只有这样才能保住阿福，求求您了！"

雪地的冰冷穿过薄棉衣，折磨着他骨瘦如柴的双膝。即便膝盖冻僵麻木，驹三依然不停地祈求着。

也不知过了多久，他的身后忽然响起一个稚嫩的声音：

"你为什么想变成鬼？"

他回过头去，看见三个孩子站在面前。明明刚才一点动静和脚步声都没有，他们是什么时候来的？

驹三百思不得其解地眨了眨眼。

---

① 日本神社的管理者。

孩子们不是本地人，都留着乱糟糟的披肩长发，大冷天的还穿着短衣，简直像是从夏天一脚跨过来的。

不过近年来，这副打扮在雫井村也不足为奇，因为大伙儿都在为粮食疲于奔命，哪还顾得上讲究穿衣？

驹三猜测，他们也是因为饥荒外出流浪的孩子。

"你们是兄弟吗？从哪里来的？"

因为天阴的缘故，驹三看不出时辰，不过估摸着此刻也快到日落时分了。四周更加昏暗，勉强可以看清人脸。

三人宽阔的额头向前突出，长相怪异。虽然体形和额头都大同小异，不过仔细一瞧，他们的五官还是有很大的差别。最右边的孩子长着一对招风耳，最左边的孩子长着一对大眼睛，中间的孩子则长着硕大的嘴巴。

大嘴巴男孩开口道：

"我们是回顾者，回顾过去的鬼。"

驹三对回顾者之类的陌生名词不当回事，却被男孩口中的"鬼"字吊起了胃口。他甚至没有怀疑那是孩子们的信口胡言，反而气势汹汹地凑了上去：

"你们是鬼神？被供奉在此处的鬼神爷吗?！"

"不是鬼神，是回顾过去的鬼。"大嘴巴男孩若无其事地道。

"你们不是这座神社的鬼神吗？"

"这里没有什么鬼神。"

"不可能！"

驹三下意识地站了起来，又差点摔倒，却不是因为双腿被冻僵。他用双手撑住使不上力的膝盖，将脸逼近中间的大嘴巴男孩：

"我们雫井村有个关于鬼神的传说——一千年前，有一只鬼拯救了这里的饥荒。"

没有建造鸟居是因为鬼神并非真正的神明，他讨厌这种建筑；不设立神主也是为了避免打扰祠堂下的鬼神安眠。因为当鬼神醒来时，他就要再度拯救这座村庄了。

驹三将村中无人不晓的传说告诉了孩子，接着道：

"这可不是骗人的鬼话，祠堂里确实供奉着御神体，也就是鬼的胳膊。"

"鬼的胳膊？"大嘴巴男孩抬头望着他。

"没错，这座鬼神神社供奉的是独臂鬼。"

为了保护雫井村，鬼的右臂被人砍去，感激鬼神的村民在一千年前将那条胳膊作为御神体安置在神社中。

听驹三说完后，大嘴巴男孩露出一脸沉思的表情，又抓住身旁大眼睛男孩的肩膀，将他的脸转向祠堂。

从刚才起三人中就只有大嘴巴男孩开口说话，另外两人则神情呆滞，甚至让人怀疑他们是否还活着。

"那两个人要紧吗？看起来很糟啊。"

驹三担心地凑近看了看。

"没事。"

大嘴巴男孩微微笑道。近看才知道，他也一副无精打采的样子。

"别担心，我们走了很远很远，只是累了，不过就快到终点了。"

他说着又把手放在大眼睛男孩的肩上，将他的身体转回原位。

"这里果然没有鬼，祠堂里只有一条人造的手臂。"

"怎么可能?！"

"他刚看过的，绝对不会有错。"

自称是鬼的孩子回答得很干脆，不禁让驹三怀疑他们有天眼通①的本领。

"看来真的只是过去的传说……鬼神不会再帮我们了吗？阿福也没救了吗？"

驹三终于瘫坐在地。男孩却给出意外的答案：

———————————

① 佛教传说中的神通，一种超乎凡人的视觉。

"我们可以看一下，鬼神的传说到底是真是假。"

"看一下？"

"刚才不是告诉你了吗？我们是回顾者，来这里就是为了让你看到过去。"

驹三回味着男孩的话：

"看到过去？也就是说可以回到一千年前看鬼神？！"

"我们是回顾过去的鬼，管他千年还是万年。"

"拜托了，带我回到一千年前，让我看一眼鬼神吧！"

驹三在雪地上膝行到小鬼跟前，哀求道。

"也不是真的回到一千年前……不过看起来差不多。"

大嘴巴男孩得意地笑了，又立刻不好意思地挠了挠头，道：

"抱歉，能给点吃的吗？平时我们不吃人的食物，可是要用回顾过去的法术就得加餐。"

小鬼说着看了一眼身旁的两个伙伴，却让驹三犯了难：

"对不起，我没有吃的东西。"

"饭团也行。"

"我们都好几年没吃过饭团了，村里一粒米都没剩下，麦子和稗子也不够我们过冬的。"

小鬼吓了一跳，睁大了大嘴巴上面的小眼睛。

"接连三个荒年，这么严重的歉收还是头一遭，春天都没种子可撒了。"

北方经常遭遇灾荒，主要原因是夏天的气温太低。这里经常好几天见不到太阳，寒冷的东北风更是稻谷杀手。

然而这种状况居然持续了整整三年，难免让人怀疑是遭了祸祟。

领地内饿殍遍野、粮仓告急，雫井村更是受灾最严重的村庄之一。驹三的双亲也没能熬过去年冬天，相继离世。尽管食不果腹，收成只有往年四成的村民还必须将其中绝大部分上缴官府。

生活如此艰难，村中族老们却还说出雪上加霜的话。驹三父亲在世时曾是族老的一员，所以他也被叫去参加今天的会议。一想起村长在会上的发言，他就忍不住咬牙切齿：

"村长说，再这样下去，村里人都要死光了，必须想想办法。于是我马上发动大家起义。"

"什么叫起义？"小鬼问。

"就是让村民们团结起来去逼官府还米。"

"官府有米吗？"

"有的，今年老天爷脾气怪，我们刚上缴了收成，就

103

开始下大雪。所以那些米还收在官府的仓库里，没送去江户①。"

然而没人赞同驹三的提议——持续三年的饥荒彻底夺走了村民的生气。别说手持武器了，他们就连大声说话都觉得费力。

取而代之的是更叫人瞠目结舌的方案。

"他们居然要把不能干活的老人和孩子扔进山里！"

始终疲惫不堪、无精打采的小鬼突然像被人揍了一拳似的惊呆了。

"阿福是我的女儿……去年刚出生，也是我们等了足足十二年的孩子，怎么舍得扔掉？！"

夫妇两人婚后一直没能生育，就在快要放弃希望的时候终于喜得千金，自然视若至宝。要是阿福不在了，他的妻子恐怕也要追随而去。然而身为族老之一，驹三不能抗命。他一气之下当面斥责了与会众人，扬长而去。

驹三无处宣泄一腔愤懑，这才跑来鬼神神社。要他放弃女儿，还不如让他化为恶鬼。所以他才一心向鬼神祈求。

驹三说完后，四周变得出奇地寂静。过了一会儿，小

① 日本德川幕府将军的居城，如今的东京。

鬼自言自语道：

"即使过了一千年还是没变啊，阿民还是承受着一样的痛苦。"

驹三听得一头雾水，却惊讶地发现小鬼狠狠缩了缩鼻子：

"鬼也会哭吗？"

"本来是不会的，我一直以为我们的身体里没有眼泪。"

被驹三好奇地盯了片刻，小鬼用袖子擦了擦眼睛：

"算了，吃的东西我来想办法。"

"你有什么办法？吃地上的雪吗？"驹三问。

"我们本来就是吸取草木精华的鬼，这里有的是树木。"

小鬼扫视了一圈祠堂周围的树林。

周围彻底暗了下来，天上连月亮都看不见。幸好驹三自小生长在节油省灯之地，他的眼睛倒也能适应黑暗。

当初建造祠堂的人为了不让树木压倒建筑，特意清理出一大片空地，只剩一棵巨杉守在祠堂的背后。小鬼绕过建筑，向它走去。

小鬼将自己的双手和额头紧贴在粗大的树干上，让人联想到捉迷藏时数数的孩童，看起来也像在对着树诚心祈祷。

没过多久小鬼回到了驹三身边，嘴里真的像是在咀嚼着什么。然后，他吐出两颗饭团大小的圆球，握在手中。圆球是深绿色的，有点像青苔，也的确像黑暗洞穴中发光的苔藓一般微微发亮，这才让驹三看得清楚。

"你们吃吧。"

小鬼把两团苔藓球放到同伴嘴边，虽说是让他们"吃"，食物却仿佛被一口吸掉，消失在大耳朵男孩和大眼睛男孩的口中。

片刻后，两人同时抬起低垂的头：

"我们是回顾者。"

"是回顾过去的鬼。"

"我刚才说过啦。"大嘴巴男孩抱怨道，"现在只要飞一千年，让他看看过去。"

"一千年要飞很远啊。"

右边的男孩扇了扇招风耳。

"嗯，确实很远，得用力往前看了。"

左边的男孩转了转眼珠。

"少废话，赶紧走。"

尽管大嘴巴男孩在一旁催促，两人还是盯着驹三出神。

"他是谁？"大耳朵男孩问。

"不认识。"大眼睛男孩也附和道。

"对了，忘了问你叫什么。"大嘴巴男孩又张开大口。

驹三这才自报姓名，三人一同点了点头。

"驹三，在心中许愿吧。"

"许愿你要看的过去。"

"许愿看到一千年前村中出现鬼的那天。"

小鬼们从右至左逐一喊道。

驹三在额前双掌合十，心中默念：请让我看一眼鬼神爷，看一眼那个拯救了村庄的独臂鬼！

下一刻，耳边传来一阵锄头撞到硬物般的刺耳响声，脚下的积雪也仿佛突然升高，让驹三只能勉强保持站姿。

"我们到了，驹三。"大嘴巴男孩道。

驹三战战兢兢地睁开眼，发现鬼神祠堂和树林都不见了，自己身处一片黑暗之中。

"这是哪里？回顾过去的鬼，你们在哪儿？"

他听见自己的声音在颤抖，这里比月黑的夜还要黯淡无光，无底深渊般的感觉居然让他害怕起来。

"驹三，我们在这里。"

驹三循声望去，看见三个小鬼就站在他身旁。

"那就是鬼神？"

驹三顺着大眼睛男孩所指的方向凝神细看，那里的黑暗仿佛雾气般渐渐散去，让他感觉自己正从一面大镜子后向外张望，而眼前的情形更加不可思议。

"那人跟我们一样，也只是个农民啊。"

他既不是鬼，也双臂俱全——这意外的一幕把驹三看得目瞪口呆，心生沮丧：

"是你们搞错了吧？"

大嘴巴男孩立刻否认，表情严肃地看着镜中的男人。

他看上去和驹三年纪相仿，个子也同样高出普通人一截。

"不会搞错的，他身体里有鬼芽。"

"鬼芽？那是什么东西？"

"心地纯洁的人犯罪后有可能滋生鬼芽，天女是这么对我说的。"

驹三冷不防想起了女儿阿福：

"心地纯洁的人怎么会犯罪？"

"我也不懂，也许鬼和人对善恶的标准不一样。"

小鬼道：

"不过那人身上有鬼芽，年轻时大概做过**自己认为是罪恶的事**。"

在小鬼说话的同时，大镜子中的景象也在不断更新。尽管有着古人的打扮和生活方式，零井村村民的困苦却与如今一模一样——人们在连年的灾荒中面黄肌瘦，那个男人的孩子们也逐一衰弱、死去。

男人抱着孩子的尸体茫然若失。这时，村民们围了上来。现在农民只有农具，一千年前却大为不同。只见他们一个个手握粗糙的刀枪，那个男人也拿起了一柄巨斧。

一大群男性村民走在田埂间，看来是要起义。驹三看着站在中央的男人不禁咽了一口口水，因为后者的表情已经产生了变化。

周围的人们义愤填膺，男人偏偏露出一丝微笑。他黯淡无光的双眼好似一对无底洞，嘴巴却张得老大，几乎要发出大笑，让驹三莫名感到毛骨悚然。

村民很快来到领主府邸门前，大声喧哗。回顾过去的法术无法重现声音，可就算听不见，驹三也能想象出农民们的怒骂。

守卫府邸的卫兵立刻冲了出来，试图赶走农民。虽然和现在的打扮大为不同，不过他们应该也是武士。

就在这时，那个男人从农民中走了出来。只见他踏前一步，举起了右手的斧子，毫不犹豫地劈向对手的眉心，而对手连刀都没来得及拔。飞溅的鲜血宛如一场红色暴雨，染红了手持巨斧的男人的脸，他却笑得比刚才更加疯狂。

面对如此凄厉的光景，卫兵和村民都看呆了。还没等头颅被劈开的武士仰面摔倒，男人又一次挥起了斧头。

虽然没有声音，驹三也仿佛能听见斧头左右挥动的呼啸。男人疯癫的样子让所有人胆战心惊，猫腰后退和仓皇逃窜的卫兵也未能幸免于难，被男人用斧头一一砍中脖子和后背。杀完了卫兵，男人还不罢休，又缓缓向后转身。

男人从头到脚仿佛被鲜血瀑布冲洗过，脸上、衣服上都沾满了红色斑点，发丝上还在不停向下滴落血水。与他同来的农民们也察觉了危险，纷纷作鸟兽散，然而最近的两个人不及逃跑便被他从背后一斧头劈开。

"……这就是鬼神吗？"

驹三一直瑟瑟发抖，勉强挤出这么一句。

"那不是什么神明，而是人鬼。"

"人鬼？"驹三回头看向大嘴巴男孩。

"鬼芽成长、萌发后就会把人变成鬼。你看他的额头。"

驹三又细细端详那个男人，只见他在村民跑光之后，又转身去砍大门。看到他转过来的脸，驹三大吃一惊：

"额头上长角了！"

男人双眉上方长出了两只角，微微向上弯曲。

"额头上的两只角就是人鬼的证明，他们和我们鬼族完全不同，只会憎恨人类，逢人便杀。从古至今，与人为敌、让人畏惧的鬼都是人鬼。"

雫井寺的慈泉和尚曾告诉过驹三，吃人的恶鬼名为罗刹。男人不久之前还和他一样只是一个农民，如今却已化身罗刹。

堕落为恶鬼的男人破门而入，面对的是庭院中更多的卫兵。卫兵们三人一组向他冲去，却敌不过被鲜血染红的巨斧。可就在这时，男人身后出现一名身高体重都无人能及的巨汉，挥刀直砍男人握着斧头的右手，看来是一名武艺高强的卫兵。男人执斧的右臂仿佛切断的萝卜一样滚落在地。

驹三几乎能听见周围的卫兵发出欢呼，可是身中一刀的男人既不吃惊，也没有大喊大叫。尽管大臂中间的位置在不断喷血，他也只是一言不发地看着自己被砍掉的胳膊。然后，他慢慢弯下腰，猛然用左手抓起原本握在断手中的斧头。

刚才的巨汉急忙再度挥刀，却晚了一步，强壮的身躯被画出一条长弧的巨斧拦腰劈作两半。巨汉脸上还挂着惊愕之色，上半身已经扑通坠地，伤口处的鲜血如喷泉般涌出。

卫兵们终于明白，眼前站立的已非常人，个个大惊失色，朝院内外四散逃窜。

恶鬼若无其事地从外廊闯入府邸，大踏步向内走去。进门后，有人二话不说朝他挥刀，也有人丧失理智向他冲去。男人伤痕累累，却依旧所向披靡。

"鬼都不会死吗？感觉不到疼吗？"

"他已经被鬼芽吞噬了灵魂，自然感觉不到疼痛，还能凭借区区凡人的身体施展出惊人的力量。"

"凡人的身体？你是说……"

"肉身还是普通人，他只不过浑然忘我，使出了一辈子的力气。"

"像是那种危急时刻使出的死力气吗？"

"我也不懂，大概是吧，所以他绝不是什么不死之身。"

"可他头上不是长着角吗？"

"普通人是看不到的，除了天生敏感的奇人、得道高僧和修行者。"小鬼解释道。

驹三心想，也许就是那些人把鬼的形象记录在版画书和故事里吧。他说道：

"我能看到是因为你们的法力吗？"

小孩模样的鬼难过地抬头看着他：

"不是，驹三能看见那对角，是因为身体里也有鬼芽。"

驹三一时说不出话来，等到理解了对方的意思，只感觉一股恐惧涌上心头：

"我身体里……也有那种把人变成怪物的鬼芽吗？怎么会……"

"是真的。你能看见我们就是最好的证明，普通人绝对做不到的。"

唯独此时小鬼闭上了大嘴，向他投来怜悯的眼神：

"那是你前世带的鬼芽，不怪你。可是放任不管的话，你的鬼芽就要破壳而出了。假如失去妻女，愤怒和悲伤一定会使鬼芽萌发，彻底吞噬你的灵魂。"

"我要怎么办？怎样做才不会变成恶鬼？要放弃阿福和老婆，放弃一切吗？"

"我也不知道该怎么办，只知道你不能放弃。破罐子破摔的灵魂会成为鬼芽最好的养料，被轻易吞噬。"

驹三紧紧抓住胸口的衣服，怀疑鬼芽正在里面搏动，这种不安的感觉让他的后背冷汗直流。

"鬼芽的可怕之处还不止这些。"

小鬼火上浇油地道：

"成熟的鬼芽会撒下新的矛盾种子，经过冤冤相报形成复仇的连锁，直到掀起战乱。那样一来，就会有无数人在长年累月的战火中丧命。"

驹三知道，小鬼绝不是在危言耸听。住在府邸中的领主和家臣也有亲人，他们一定会报复残存的雯井村民。受害的很可能不止一个村庄，甚至周围的领主都会变得疑神疑鬼，对子民严加管束，又反过来遭到记恨。

他绝不能在雯井播下仇恨的种子，因为那样一来牺牲的不只是他自己，还有可爱的女儿和妻子。

驹三终于明白人们为何要建造鬼神神社了——用来祭

奠遭到牺牲的无数生命。人们仿造了鬼的胳膊并奉为御神体，将鬼当作神明敬奉，只为了祈求恶鬼不再为祸人间。

"我不能犯同样的错，不然一千年来村民们的祈祷就会化为泡影。"

驹三下意识地小声道。

大镜子里的恶鬼终于来到府邸的最深处，不知是领主还是土豪，府邸的主人惊恐地乞求他饶自己一命。可是人鬼照样无情地举起斧子，府邸的主人倒在血泊之中。与此同时，人鬼也不再动弹。

浑身被血染成赤黑色的男人仰面栽倒，那正是传说中的独臂鬼。

*

驹三回过神来发现自己回到了雫井神社，三个小鬼也不见了踪影。

他茫然若失地回了家，彻夜辗转思索。第二天一早，驹三走了二里①地，来到镇上，向负责送货的店家打听了一件事。

---

①　日本旧时常用长度计量单位，1日里约等于3.9千米。

115

回到村中的驹三首先去找了邻居金次。

"别胡说八道！我能对你干那种事？！"

听了驹三的话，金次干瘪的圆脸涨得通红，发出怒吼。

"三天没下雪了，镇上的人说粮仓里的米明天上午就会被运出官府。我们没时间犹豫了，你也不想看着爹娘和最小的儿子白白送命吧？"

金次也是满面愁容。驹三耐心劝说着发小金次：

"我们别无选择，拜托了，只有你能帮我。一会儿我去找雫井寺的慈泉和尚，只要住持发话，没人敢不当回事。"

好不容易说服了不情不愿的金次，驹三朝位于鬼神神社相反方向的雫井寺走去。

与驹三年纪相仿的住持一开始也劝他打消念头。可是驹三谎称自己曾经从祖父和父亲那里听说了鬼神传说的真相，并告知了和尚，令后者脸色骤变：

"雫井神社居然隐藏着如此可怕的历史……"

慈泉和尚是五年前被派来雫井寺的，据说他年轻时读过书，也略通医术。村民有伤病都会去找他，他也会给村民们自制的药品。所以虽然交往时日不多，村民却对他尊敬有加。

"我也想过一了百了，带着家小去逃难，又不忍心撇下祖祖辈辈生活的村子。"

如今饥荒席卷全国，就算跑出去也不见得能填饱肚子。哪怕驹三保住了亲女儿，金次的父母和他最小的孩子以及村庄的老弱病残也都会沦为牺牲品。身为族老之一，驹三是万万不想看到这一幕发生的。

"好吧，贫僧支持你，就照你所说，由贫僧来召集村中众人。"

慈泉不仅答应，还说会带伤药和绷带，以备不时之需。

于是，第二天日出前，村中的壮年男性都聚集在了鬼神神社门口。

"明明是慈泉师父要我们来，怎么不去寺里，反而到这鬼神神社？"

村民们百思不得其解地交头接耳：

"连村长都不知道。而且大冬天的，让我们带上镰刀和锄头干什么？"

原来，慈泉还让男人们随身携带农具。

"麻烦大伙儿跑一趟了，请先听驹三讲几句。"

在慈泉的示意下，驹三走到众人面前，金次则哭丧着脸望向自己的好朋友。

简短打过招呼后，驹三道：

"有件事要先告诉大家，两天前，我们在村长家开了会。"

丢弃老人孩子的提议还没传到村民耳朵里。驹三不顾一旁惊讶的村长，将消息一五一十地告诉了所有人。人群一下子炸开了锅，村长和五名族老则被劈头盖脸臭骂了一通。直到慈泉出来打圆场，村民才平静下来。

驹三接着道：

"没人想丢掉自己的爹娘和孩子，要做那等丧尽天良的事，不如亲手拿回官仓里的米！"

众人都听得目瞪口呆。

"不可以！一旦造反，整个村庄都会被连坐的！"

到那时，首当其冲受罚的就是村长。想到这里，村长脸色大变，他极力劝告众人，那样做不光会吃官司，还要受伤甚至丢命，对村子有百害无一利。

"村长，你别误会，我们不是去抢米，而是去请求官府归还。"

"他们会老老实实交出来吗？！"

群众中的一人厉声质问驹三。

"所以我们要带着鬼神爷去。"

"你是说带上祠堂里的御神体？"

驹三摇了摇头：

"经过一千年，御神体也不再灵验，我们要带着新的独臂鬼去找官老爷！"

驹三扫视了一圈周围，目光停留在好朋友身上：

"金次，拜托了。"

金次双手紧握一柄长斧，闻声不由一震，颤颤巍巍地缓步走到群众跟前。

驹三走到祠堂稍远处的一截树桩旁坐下，那是很久以前被大风刮倒的杉树根，表面被削得平平整整。

驹三挽起袖子，在树桩上伸直右臂：

"金次，动手吧。"

金次握着斧头走到树桩旁，却怎么也下不了手。他只是一个劲儿地摇头，紧闭的眼角处眼泪扑簌簌地往下掉。

"驹三，金次，你们要干什么？！"

驹三不顾大伙儿的骚动，只是盯着朋友的脸催促道：

"拜托你了，金次，没时间了！"

金次大口喘着粗气，尽管如此，他也似乎终于下定了决心，颤抖着下巴连连点头，随后高高举起斧子。

驹三将头扭向左边，紧紧闭上了眼睛。

"金次，住手！"群众中传来一声惊叫。

可金次还是念了一声佛号，直冲树桩挥下斧头。

驹三的右臂传来一阵剧烈的冲击，害他差点咬到舌头。他感到头晕目眩，随之而来的是烈火般的剧痛。痛彻心扉的折磨让他别说惨叫，就连气都喘不上来。

他真恨不得有人立刻收了自己的性命。

"挺住，这就给你包扎！"

多亏了慈泉和尚赶到身旁，他才勉强能保持清醒。

"驹三，对不起……害你受这份罪！"

金次瘫倒在树桩前，不知如何是好。他的脸上印着斑斑血迹，好在驹三出血不算严重。

驹三又看了一眼树桩上的断臂。那条胳膊刚才还在他身上活动自如，令他很难相信眼前的景象。他甚至怀疑，那也是人工仿造的手臂。

他用那条手臂洗脸、吃饭、握锄头、扛米袋、向老婆挥手道别、抱起自己的宝贝女儿。直到此时，驹三才生出撕心裂肺的后悔，却早已没了回头路。

驹三被慈泉包好伤口，靠在他肩上摇摇晃晃站了起来。他只觉得头昏脑涨，还一个劲儿地想吐，拼命用力站住才不至于跌倒。只在此时此刻，驹三真希望自己拥有一千年前那个男人的鬼怪之力。

"驹三，你真的疯了吗?!"

村长一脸惊恐地望着他，身后众人也个个面色煞白。

"我说了，咱们要带着新的恶鬼去官府，这条胳膊就是我决心的证明！"

眼看驹三疼得连话都说不下去，金次在他身前蹲下，背对着他道：

"驹三，我背你去官府！"

驹三老实地伏在金次的后背上，慈泉则恭恭敬敬地用双手将树桩上的胳膊捧到早已准备好的供奉台上。

身背驹三的金次朗声说："走吧，大伙儿！有独臂鬼神陪着我们！"

人们仿佛大梦初醒般面面相觑，他们看见彼此眼中的光，纷纷用力点头，随即爆发出一阵震动鬼神神社的呐喊声。

官府距离雫井村有二里地远，坐落于东方的城镇近郊。日出之后，有好几辆空货车驶入其中，装上一袋又一袋的粮食。大约过了一刻半①，八辆货车都装满了。正值壮年的代官②满足地点了点头。

可就在此时，一个守卫大惊失色地跑上前去：

"不好了！雫井村的人成群结队堵在门口！"

"怎么回事?！"

代官立刻带着手下冲了出去，发现官府外面正如守卫所言坐满了人。群众的人数不少于两百，几乎等于雫井村的所有劳动力。

"尔等意欲何为?！还不快快散去，不然定当严惩！"

代官不由分说怒斥道。

队伍前列中央的人自称驹三，代官想起他去年刚刚当上族老。

驹三面黄肌瘦，凸出的肋骨隔着衣服都能看到。虽然其余人也都大同小异，可他脸上全无血色，唯独紧盯着代官的双眼咄咄逼人。

在他身前是一座盖着蓝布的供奉台。

"请把粮食还给我们。"

---

① 日本古代一刻相当于现代时间的两个小时。
② 日本江户时代幕府直辖地的地方官。

"一派胡言,哪有返还上缴之粮的道理?"

"少了那些米,大伙儿连冬天都过不去,村里会死上百号人。"

"知道你们不容易,可到处都一样啊。"

"你们知道个屁!"后面的村民爆发出怒吼声,纷纷举起手中的镰刀和锄头。

"肃静!总之快给我让开,要不然把你们都抓进去!"

可是驹三对官员的恫吓无动于衷,反而语气平静地重申:

"请把米还给我们,大人,您也听说过雫井村自古以来的鬼神传说吧?"

"那又怎样?"

"传说中的独臂鬼重现于世,请看!"

驹三掀开了面前的蓝布,供奉台上的东西乍看之下像一根萝卜。但是代官很快就发现那其实是人的手臂,不禁倒吸一口凉气。

"这是鬼的右臂。"

驹三郑重道,可那看起来就是一条人的手臂。与此同时,代官发现驹三右侧的袖子从肩膀一路下垂,里面空空如也。

"难不成是你的胳膊？"

驹三没有回答，而是拿起自己的手臂，缓缓站了起来，又将它径直递到代官面前，吓得对方连连后退。

"请把米还给我们。"驹三重复道，"不然的话，就会有更多人变成和我一样的独臂鬼！"

"什么意思？"

"雫井村的男人都会模仿我！"

代官一时语塞，茫然地望着驹三，忽然回过神来：

"吓唬谁呢？断了胳膊，吃亏的是你们吧？"

"我不管！"金次在驹三旁边猛地站起，"要我放弃父母和孩子，像畜生一样活着，还不如当鬼好！我也要变成独臂鬼！"

他说话时眼神坚定而真挚，不像是在耸人听闻。不仅如此，他们身后的众人也一一附和。

代官越来越担心群众是在动真格的，心中生出一股近似恐惧的胆怯。

"大人，这位独臂鬼与一千年前不可同日而语，他既不是来杀人，也不是来抢米的，只想和你们商量。"

站在驹三另一边的雫井寺住持开口了：

"如果村民一一断去右臂，雫井何来庄稼收成？到时候最先被问责的恐怕就是大人您啊。"

"连住持和尚都要威胁我吗？"

"我并非威胁，他们也不是来造反的，只是请求您分些粮食。"

"分粮食？"代官思忖道，"要是一两成的话……"

"我们要七成。"驹三毫不退让。

"狮子大开口！我稍一纵容，你就得寸进尺！"

"可，可是，我们已经提前缴纳了三年的官粮！"

村长从驹三身后探出脑袋。他从未想过自己会对代官提出抗议，但是听了三人的谈话，也忍不住插嘴了：

"只要一年，请让我们延迟交七成官粮一年！熬过了冬天，明年秋天也许就能缓过来！"

村长拼命争取，身后的众人也齐声赞同，其中还间杂着"不答应就造反"的威胁。

驹三走近几步，再次将断臂举至代官面前：

"请还给我们七成粮食，我独臂鬼愿意承担一切罪责！"

看着近在咫尺、早已失去血色的手臂，代官犹豫了。

无法上缴粮食他就会被嘲笑无能，不仅官职会被人顶替，未来的升迁之路也不复存在。可是慈泉所言非虚，一旦农民造反，他的处境更加堪忧。而且，百姓集体断臂的举动必然使他落人话柄。别说领地内，恐怕就连江户都会无人不知。从此以后，他将再也抬不起头来。

虽然不甘不愿，代官还是下了决心：

"好吧，就借给你们七成粮食，以一年为限，连带货车一起拉走吧。"

农民们爆发出欢呼声，匆匆道谢后一股脑儿冲入府中。

金次兴冲冲赶到木板车前，住持和村长也笑得合不拢嘴。

驹三不想碍手碍脚，慢慢退到一旁。

一旦放松下来，卷土重来的疼痛又让他几欲呕吐。

"干得漂亮，驹三，你真了不起。"

面前传来夸赞声，原来是回顾过去的鬼。

"那两个呢？"

他朝周围看了一圈，却只看见大嘴巴男孩。

"他们都累倒了，毕竟飞了一千年的距离。"

驹三为自己的强人所难道歉，小鬼却满面笑容地抬头望着他：

"别放在心上，我也没想到你能既当人又当鬼，驹三，你可真聪明。"

小鬼对他赞不绝口，可是看到他左手中下垂的右臂，表情又凝重起来，同情地问：

"你以后不能种地了，打算怎么办？"

驹三说自己会把田地拜托给金次的弟弟，然后去给慈泉和尚打下手。小鬼听完重新露出微笑，受他的笑容感染，驹三也一同笑了。

冷不防地，小鬼从他面前消失了。

"回顾者，你去哪儿了？"驹三东张西望道。

"我就站在你面前，只是你看不见了而已。太好了，驹三，你体内的鬼芽已经摘掉了。"

听到回顾者的声音，驹三大吃一惊：

"真的吗？我的鬼芽没了？"

在他的反复追问下，小鬼明确告诉他鬼芽已经在自己的手上。

"驹三，独臂生活虽然不方便，你还是要好好的，尽量活得久一点啊。给你留了点伤药，是我做的。"

回顾者的声音戛然而止。驹三弯腰捡起脚边的竹叶包，里面的东西被裹得层层叠叠，最深处有一块深绿色的苔藓，微微散发着杉木的清香。

"驹三，上木板车吧！"金次道。

驹三笑着应了一声，将右臂和竹叶包紧紧搂在胸前。

天人造鬼在前，造人于后。

又赐鬼以力量，传智慧于无力之人。

所谓恶鬼，乃智慧之极端，亦称为人鬼。

善恶与罪愆，无非皆是人定的法则。

＊＊＊

"你不穿衣服，不冷吗？"

第一次听到阿民对自己说话时，小鬼真的吓了一跳。

冬日的山林银装素裹，而他只是在腰上缠了一块绿布，的确看起来很冷，引来身高和他差不多的女孩子一番仔细打量。

凡人不可能看见他，小鬼还以为女孩是在跟别人说话，可他四下张望也没看见其他人。

小鬼小心翼翼地问道：

"你……看得见我？"

"看得见，你的头发是绿的，皮肤是红的。"

女孩向前踏出一步，朝小鬼伸手。小鬼被吓得不轻，连一根指头都动不了。女孩调皮地揉着他那头茂密的绿发，吸了吸鼻子：

"就像春天的嫩叶一样，软软的……还有一股初夏森林的香气。"

即便视觉和嗅觉比人类灵敏得多的野兽都无法感知小鬼的存在。

"你们鬼族的存在太过自然，让凡间的生物难以分辨。"

山神娘娘对他如此说过。她平时住在天界，偶尔才下凡到山间，是一位温柔美丽的神仙。可就连山神都没有摸过小鬼。

他活到现在还是头一次被人摸，女孩纤细的手指碰到他发间的犄角时，他不禁叫起来：

"啊呀！好痒！"

小鬼终于抱头蹲在地上，等他慢慢抬起脸，才发现一双好奇的眼睛近在咫尺：

"你头顶的是什么？"

"是角。"

"是野兽和鬼头上的那种吗？"

"没错，我就是鬼。"

"你是鬼？"

女孩吃了一惊，又用两根手指扯开自己的嘴角：

"听说鬼都像山一样高，还长着可怕的脸。"

"你这样一点都不可怕，只是在扮鬼脸而已。"

小鬼哈哈大笑。女孩也松开了手，和他一起笑。两人都开心得不得了，结伴在地上打滚。

"我叫阿民，你呢？"笑了个痛快后，女孩问。

"我没有名字，山神娘娘叫我小鬼。"

"那我也叫你小鬼。"

女孩微笑道。这时头顶传来夜鸟的叫声，阿民抬头望天：

"不行，我得走了。"

"走……你要回家吗？"

这里是深山老林，就连猎人都很少涉足，与山脚下的人类村落相距遥远。

因为常年居住在此，小鬼早已习惯，今天是他头一回感到依依不舍。

阿民却摇了摇头：

"不，我在找弟弟。"

"弟弟是什么东西？"

虽然阿民努力解释，但是别说兄弟了，连父母都没有的小鬼实在不得要领。

"哦，就是同样的父母所生的同胞？"

联想到鸟兽的群落，小鬼终于明白了。

"原来你没有阿爹阿娘……真可怜。"

"为什么这么说？"

"阿爹阿娘会疼我们啊，尤其是阿娘，暖暖的、笑眯眯的，我最喜欢阿娘了。"

"阿娘这么好吗？"

看到阿民用力点头，小鬼羡慕道：

"我也好想当一回人，被阿娘疼。"

"弟弟也很可爱，小小的、香香的……不跟你说了，我要快点去找他！"

想起自己最初的目的，阿民慌忙道。

"你弟弟上山了？"

"不知道，三天前他就不见了，去哪儿都找不到。"

阿民说起自己到深山老林里来找弟弟的原因。

"他总是在我背上哇哇哭，一个人会害怕的，得快点找到他……"

"包在我身上，"小鬼拍着胸脯道，"我对这片山林的事一清二楚。"

"真的吗？"

"你等着，我这就问森林。"

"问森林？"

阿民不解地问。小鬼没有回答，而是走向附近最高大的一棵杉树。他用红色的双臂揽住一人抱不过来的粗大树干，将额头贴在树身上。小鬼保持这样的姿势好一会儿，终于抬起头来。

"这样啊……谢谢。"

他朝头顶上参天的杉树道了谢，转头看向阿民：

"这座山上只有你一个人。"

"那棵杉树这么说的？"

"不是，我通过它问了山上所有的树。"

小鬼解释说，树干中的水分可以经由树根与土壤中的细长水脉连通，换句话说，这座山上所有的树都能通过水连为一体。

"丰收的秋季过去了，也没人上山采果子和蘑菇了。野兽们进入冬眠，猎人也不来了。大家都说，现在的山里格外安静。"

阿民应了一声，显得很失望。她下垂的肩膀瘦骨嶙峋，不像一般的小孩子那样圆润。

"他到底去了哪儿……明明还是个婴儿。"

"什么是婴儿？"

"就是出生还不到一岁的孩子，所以还没有名字。阿娘要去地里干活，就由我来照看弟弟。"

不到一岁的婴儿常常夭折，为了减轻痛苦，有些农民便不给他们起名。

小鬼没下过山，不懂这些人间的风俗。他见惯了山中野兽一出生就四处奔跑的样子，所以并不知道一个小婴儿是不可能自己上山的。

阿民似乎也以为弟弟只是走丢了。她一脸担心地看着小鬼：

"说不定在前面的山上，我……我一定要快点找到弟弟，不然他就太可怜了。"

蹲在地上的阿民吃力地抬起自己的小屁股，摇摇晃晃站起身。

"你怎么了，阿民？不舒服吗？"

看见阿民又一屁股坐在冰冷的雪地上，小鬼把她扶了起来。

"不，就是有点饿了。"

原来她找了弟弟整整三天，什么都没吃。小鬼想给她找点食物，可惜冬天的山上光秃秃的。

"真伤脑筋……想给你去逮条鱼的，可我碰不得腥臭的东西。"

小鬼伸手在绿色的头发里挠了挠，阿民缓缓摇头：

"不用，不找到弟弟，我什么都不想吃。"

"可你不吃饭哪有力气找弟弟？对了！"

小鬼两手一拍：

"虽然填不饱你的肚子，但我可以给你补气！"

小鬼又跑到刚才的那棵杉树旁边，将胸腹中的空气全部吐出，又把嘴贴在树身上。随后，他满满吸了一口山中的精气。

小鬼重复着这组动作，直到自己的肚子变得圆滚滚才回到阿民的身边。

稍不留神，刚吸到的精气就会漏出来。小鬼左手捂住嘴，右手捏住阿民的鼻子。阿民只觉得呼吸困难，就张开了口。接着，小鬼嘴对嘴地将体内精气慢慢灌进阿民口中。

"怎么样，好些了吗？"

过了一会儿，小鬼松开了口问道。阿民不可思议地揉着肚子：

"肚子还是饿，可是这里感觉暖暖的。"

"是我平时吃的山中的精气。"

"好像有力气了，又可以去找弟弟了。谢谢你！"

阿民笑道。

日头西下，山中伸手不见五指，小鬼又忧心忡忡地说道：

"这么黑，你还要翻过山去吗？"

"嗯。"

"假如……我是说假如弟弟也不在前面的山里，你怎么办？"

"那就再往前翻。"

阿民想也不想地道。小鬼琢磨了一会儿，对她说：

"那我带你去吧。"

"你要帮我一起找吗？"

"没错，到了前面的山里，我也能马上知道你弟弟在不在，对吧？"

"嗯。"

"翻山越岭我更快，阿民，我来背你吧。"

小鬼背对着阿民蹲下身。

"可是背着我你会累的。"

"不用担心，你这么小，肯定跟春天的兔子一样轻。"

"你不也是小不点吗?"

阿民咯咯地笑道,不过还是听话地趴在小鬼的背上。她的身体比小鬼想象的还要轻得多,仿佛里面是空的。

"要出发了,阿民,抓稳了。"

小鬼等阿民用两条细胳膊环抱住自己的脖子,立刻发足飞奔。

阿民先是惊叫起来,很快又笑个不停:

"你跑得好快啊,小鬼!好厉害,就像风一样!"

"这还不算什么,我能跑得更快!"

头顶传来的笑声让小鬼欢欣鼓舞,于是,他在黑暗的树林间纵横驰骋。

翻过一座山又见下一座,层峦叠嶂,无穷无尽。小鬼背着阿民,一天之内能轻松越过五座山峰,两人就这样一直向西前进。

无论身体多么疲惫,小鬼都不放在心上,他想一直和阿民待在一起,几百年都行。

小鬼真正害怕的是快乐旅途的终点,只要阿民找到弟弟,他们就不用再走下去了。不过小鬼觉得只要阿民高兴，这样的结局也不坏。

然而，两人的旅途还是因为出乎意料的原因宣告终结——本该无穷无尽的山峦到了尽头。

眼前出现一片广阔的平原，再远处则是两人从未见过的无垠泉水。

"没有山……居然没有山了？"

小鬼茫然地自言自语道。他一直以为群山是永无止境的，没想到它们会中断在西方的尽头。

他听见脖子后面传来隐隐的啜泣声。回过头去，阿民难过地流下了眼泪：

"小鬼，怎么办呀……我弟弟会不会去了大水潭的对岸？"

小鬼离不开群山，别说大海了，他就连人类的村落都没去过。他不知该如何回答，只能背着哭哭啼啼的阿民久久伫立。

也不知过了多久，一阵猛烈的旋风将两人刮倒在地。

"这不是东山的小不点吗？跑这儿来做甚？"

眼前站着一个高高的黑色人影，声音便来自那人影的顶端。

"玄鬼！你不是玄鬼吗？"

他的皮肤泛着黑光，一头灰发间伸出长长的独角。

阿民吓得连哭都忘了，只是大张着嘴，抬头盯住玄鬼。

"一百年前我们刚刚见过。"

玄鬼的口气像是在说三天前的事。

当年他出现在东边的山里，那是小鬼的家乡。

"小鬼啊，帮我打开那个泉眼。"

一天，山神娘娘忽然出现，慌里慌张地拜托道：

"等我下去了，你就把泉眼再藏住。有个高高大大的玄鬼应该会来问你，千万别告诉他泉水的位置和我来过的事。"

小鬼听了山神娘娘的话，打开泉眼，等她进去以后又用周围的树枝将其牢牢覆盖。

玄鬼很快就来了：

"小不点，山神娘娘来过吧？"

"没有。"

"少给我装蒜，她的香气还在。"玄鬼缩了缩高耸的鼻子，"你把山神娘娘藏哪儿了？"

"我不知道。"

"你骗不了我，我会用回顾过去的法术，想知道山神娘娘藏在哪儿易如反掌。"

"回顾过去的法术？"

听了玄鬼的解释，小鬼才第一次了解了这种力量。

"居然能看到过去……你好了不起。"小鬼打心眼里赞叹。

"所以你就快点告诉我吧。"

"才不要。"

见小鬼死活不开口，玄鬼便乘着旋风在东边的山里细细寻找，却没有发现被藏得严严实实的泉眼，只好悻悻离去。

"谢谢你，小鬼，你帮了我大忙了。那个玄鬼是个大色鬼，有好几位天女都被他糟蹋了。"

小鬼一头雾水，山神娘娘却大大夸赞了他一番。

"对了！"

想起百年前的事，小鬼叫道：

"回顾过去的法术！用它就行了！"

"什么意思？没头没脑的。"

"玄鬼，拜托了！请你为阿民用一次回顾过去的法术吧！"

小鬼心想，只要能看到阿民弟弟失踪那天发生的事，就能知道他在哪儿了。可是玄鬼一口回绝：

"别开玩笑了，回顾过去的法术是天人的能力，我可不能擅自动用。"

"那你上回说可以用它来找山神娘娘，是骗我的吗？"

"闭嘴，你不也没说真话？！"

玄鬼气呼呼地揍了小鬼一拳，对抱头的他道：

"这小丫头也很可疑，她怎么能看见我们？"

"不知道，我也是第一次和凡人说话。"

小鬼笑着回答，却又挨了一拳，急忙边跑边哀求：

"求求你了，玄鬼，只要你为阿民用法术，什么要求我都答应！"

"都说了不可能，万一让天界知道咱为一个凡人用了回顾过去的法术，你我都会被变成沙子。"

鬼死后就会化作沙子。在天界和凡间交界处的"隙谷"边境有一片望不到头的沙漠，那便是鬼的墓地。

"你要是不想被扔进墓地，就赶紧丢掉这个凡人的孩子。"

无论小鬼如何恳求，玄鬼都油盐不进。或许是听出希望渺茫，阿民又抽泣起来。

小鬼最见不得她哭，便绞尽脑汁：

"如果……如果我让你见到山神娘娘，你也不帮我们吗？"

玄鬼灰色短发下的尖耳朵突然抖了抖。

"山神娘娘可能快下凡了。"

"此话当真？"

玄鬼那双和头发颜色相同的银色眸子开始放光，他用赤红的舌头舔了舔嘴唇。

"是真的，跟前两年一样，今年山上也没什么出产，只有等山神娘娘赐下仙气，春天才有嫩芽长出来。"

"是吗？那位山神娘娘总是特别小心，怎么追都追不到。"

"我可以告诉你山神娘娘藏身的地方，你能用一下回顾过去的法术吗？"

小鬼连想都没想过自己有一天会背叛山神娘娘，心中满是愧疚。即便如此，他还是想要实现阿民的心愿。

或许是动了心，玄鬼想了想，问小鬼：

"那个小丫头想看多久之前的过去？"

小鬼不会数数，只能无奈看向阿民，后者掰着手指道：

"弟弟不见了以后我找了三天，遇到小鬼又过了三天。"

"六天前吗？那也不用飞多久，没准不会让天界知道。"

"你肯用法术吗？"

"你真的会告诉我山神娘娘的所在？"

"一言为定！"

见小鬼回答得斩钉截铁，玄鬼晃了晃手中的锡杖，使它发出一阵脆响：

"小丫头，在心中许愿想看的时间地点。"

"啊？"

"头脑里默想你想看的那天和那个地方！"

阿民被玄鬼吓得不知所措，小鬼握住她的手，耐心问：

"阿民，你最后一次见到弟弟是在什么地方？"

"嗯……是在地炉旁边的篮子里，我哄他睡着就去打水了……等傍晚回来，他就不见了。"

阿民难过地道。

"那就是去打水之前。在心里许愿吧，说你想再看一次睡着的弟弟。"

阿民点了点头，握住小鬼的手，闭上眼睛。

两人听见一声金属摩擦般的啸鸣声，立刻感到地面一阵摇晃。小鬼握住阿民的手向后摔去，阿民也倒在他肚子上。

"到了。"

小鬼听见头顶传来玄鬼的声音，慢慢睁开了眼，声音和摇晃都停止了。

手握锡杖的玄鬼站在他身旁，目不转睛地盯着前方。前面出现一轮光环，仿佛在黑暗中剜出了一个洞。

"阿民，你看，这就是过去。"

"太黑了，我什么都看不见，分不清前后。"

阿民在小鬼肚子上东张西望。

"是这边，阿民……你仔细看前面。"

小鬼扶阿民站起身，让她面朝光圈。

定睛观望的阿民忽然轻声喊道：

"弟弟，我看见弟弟了……"

"嗯，旁边的人是你。"

阿民蹲在篮子旁边，看着弟弟熟睡的脸。小鬼身边的阿民脸上也洋溢着同样柔和的笑容。

那是小鬼见到的阿民最后的幸福时刻。

"磨磨蹭蹭的……我要加快速度了。"玄鬼说。

不一会儿阿民就去打水了，婴儿熟睡的画面持续了好一段时间。

不耐烦的玄鬼加快了画面变化的速度，篮子旁地炉的火苗蹿得更欢了。没过多久，有人来到了地炉旁，阿民嘀咕道：

"是阿爹阿娘……"

她的父亲抱起婴儿，母亲跟在后面一起走出家门，去了不远处的仓库。他把婴儿放在地上，回头说了些什么。回顾过去的法术无法传递声音，他们只能看见阿民的母亲双手握在胸前，如祈祷般闭上眼睛，频频点头。

婴儿突然爆发出一阵哭泣。即便听不见，他们也能想象哭声有多么响亮。阿民的父亲用大手捂住孩子的嘴，神情痛苦地扭过头去，同时加大手上的力道，阿民的母亲在他身后泪流不止。

婴儿的双臂挣扎了一阵，开始痉挛，随后无力地垂了下去。

阿民的父亲松开手，阿民的母亲立刻冲到婴儿面前，用力将他搂在怀里，可是婴儿一动不动。

时间推进又变得飞快，画面转到当天晚上。

地炉旁围坐着一家六口，面对一口锅。久未尝荤的三个孩子笑逐颜开，可三个大人——其中有一位老婆婆却脸色灰败。

"原来是这么回事。"

玄鬼倚在锡杖上，叹了口气。

"他们说，锅里煮的是兔肉……"

阿民小声道，目光空洞。

玄鬼又一次用力挥舞锡杖。

不知不觉间，他们回到了西方的山顶。

阿民一屁股坐在地上，小鬼高兴地对她说：

"阿民，真是太好了，知道你弟弟去哪儿了。"

"是我……把那孩子……给吃了……"

"嗯，弟弟就在你肚子里，被你们一家子吃下去，化作你们的血肉了。"

"别再说了。"玄鬼打断了天真的小鬼，"人类忌讳同类相食。"

小鬼吃了一惊：

"为什么？鸟兽鱼虫都吃同类啊。"

"没错，人类是唯一抗拒同类相食的种族。"

小鬼疑惑地抬头看向玄鬼：

"父母吃掉自己的孩子和蛋一点都不奇怪。你知道吗？野兽总是先吃眼珠子，那大概是最美味的。"

对小鬼来说，那只是每天都能在山上见到的自然活动，他实在不明白里面有什么不对劲。

玄鬼无奈地摇了摇头：

"人类和我们不同，他们得到了智慧。智慧带来畏惧，为了逃避畏惧，人类制定了许多的禁忌，同类相食也是其中之一。人类最厌恶的就是吃下亲友的肉。"

"那为什么阿民的阿爹阿娘要吃掉婴儿？还让阿民他们也一起吃？"

"多半是为了活下去。"

玄鬼表情苦涩地道：

"你刚才也说了，最近几年山里的出产不好，人类的村落也大同小异。"

因为粮食严重不足，人们只能抛弃失去劳动力的老人，杀死孩童。为了生存，万不得已之下他们也会吃亲人的肉。连年的饥荒令人类难以承受，不得不触犯禁忌。

"所以……阿民为吃掉弟弟感到难过？"

"岂止难过……无论多么愧疚，弟弟都回不来了，她会诅咒自己，憎恨自己，恨不得把自己大卸八块。"

小鬼不觉看了一眼阿民，发现她依旧面无表情，额头却正在渐渐隆起。

"那是什么？她好像长角了。"

"长角?！"玄鬼恐惧地注视着阿民，"难道她……站住，别靠近！"

玄鬼没来得及制止，小鬼就跑到阿民面前蹲下，凑近看她的脸。下一瞬间，阿民朝他扑了过去。

"阿民……你怎么了?！"

阿民将小鬼按倒在地，骑在他身上。小鬼终于看出近在咫尺的阿民产生的异变——她双眼发出红光，咬牙切齿地低声咆哮着，宛如袭击猎物的野兽。

最诡异的是她的额头。

只见阿民双眉上方的发际处皮肤隆起变尖，而且越变越长，形成一对弯曲的角。

"凡人……怎么会长角？"

小鬼茫然地瞪着阿民，后者掐住他的脖子，手上的力气越来越大。

"阿民……住……手……"

小鬼想推开阿民，却无能为力，因为她的力量大得惊人。小鬼发出一声青蛙被踩扁般的闷哼，喘不上气了。

他知道，眼前的人不再是阿民，而是被某种可怕的东西附身了。

小鬼无法呼吸，眼前慢慢黑了下来。就在即将失去意识的当口，他听见玄鬼的怒吼和一声野兽般的惨叫。随后，他脖颈上的压力消失了。

"小不点，挺住！"

感觉脸上被人扇了一巴掌，小鬼迷迷糊糊睁开眼：

"玄鬼……疼……"

伴随着沙哑的声音，小鬼喉咙终于通了气，他开始拼命咳嗽。

"真是的，瞧你给我添的麻烦！"

玄鬼虽嘴上这么说，但心里也松了口气。可就在他放松警惕的片刻，瘦小的人影再度扑了上来。

"哎哟！"玄鬼惊呼出声，原来他的胳膊被阿民咬了。

"你这只怪物！"

玄鬼使劲想甩开阿民，可是后者像疯狗一样死不松口。

"阿民，住手啊……"

小鬼连爬起来都费力，更无法阻止她。玄鬼盛怒之下一拳砸在咬住自己右臂的阿民脸上。

阿民身上传来骨头碎裂的声音，飞出十倍于她身高的距离，后背撞在一棵松树上。

"阿民！"

小鬼想冲上前去，却被玄鬼拉住。

"别动，那已经不是阿民了，是叫作人鬼的怪物。"

"人鬼？"

"额头上那两只角就是证据。"

背靠树干坐着的阿民缓缓抬头，她额头上的一只角被玄鬼打断，野兽般凶恶的表情却纹丝未变。她狠狠瞪着面前的二鬼，仿佛在看杀父仇人，随后站了起来。

"没办法，只能杀掉了。"

"不要，玄鬼，求求你！"

"别拦我！她再也变不回来了！"

可是小鬼依然死死抱住玄鬼，就在两人纠缠的工夫，阿民像野兽一般低吼着，越走越近。

"让开！就算她的身体是小孩子，我们稍不小心也会被干掉的！"

玄鬼甩开小鬼，面对阿民。

"住手，玄鬼！别杀阿民！"

小鬼哀求道，可玄鬼还是高高举起拳头。就在此时，阿民忽然停下不动了。她原本空洞无神的双眼又有了光，转向小鬼：

"小鬼……"

"阿民，你……认得我吗？"

阿民露出一丝微笑，随后向前倒去。

小鬼急忙赶到她身边，却发现她已经咽了气。

玄鬼松了一口气，抹抹额头上的汗道：

"她连饭都吃不上，身上只剩一丁点力气，又一股脑儿使出来，这才丢了性命。"

化身人鬼的人拥有超常的力量，而代价是迅速耗尽生命。

然而小鬼对玄鬼的解释充耳不闻，他掰开阿民的嘴，拼命将自己的精气吹进去。可无论他怎样努力，阿民都一动不动——不说话，也不笑。

"阿民……阿民……睁开眼睛啊……求求你，不要死啊……"

小鬼抱着阿民的尸体，不停祈求着。

"顾不上难受了，咱俩的事败露了。"

玄鬼怨恨地看了一眼天空，四周立刻被耀眼的光华笼罩。

小鬼在淡黄色的光芒中飘了起来，感觉和回顾过去的法术不太一样，眼睛也被刺得睁不开。但他还是紧紧抱住阿民的身体。

等他再度睁开眼睛，看到周围的山林和远处的大海都不见了踪影。

"你们哪，可闯下大祸了。"

眼前是一位身披羽衣、美貌绝伦的天女。

第六章　千年之罪

生命如同波浪。

浪生浪灭，最终沉入隙谷。

灵魂在隙谷得以净化，重获新生。

唯寄宿鬼芽者不在此轮回之列。

***

"这是哪儿？"

小鬼紧张地东张西望。他的四周一片雪白，泛着淡淡的乳白色雾气。

"这里是'隙谷'，位于天界和凡间的交界处。"

天女说话的声音宛如温柔的银铃。在小鬼看来，山神娘娘也很美丽，却不及她神圣。玄鬼不合时宜地吹了声口哨：

"见了许多天女，没见过你这等绝品。"

他轻浮的言行令天女微微蹙眉：

"你的苟且行径在天界都传开了，有人说要重重降罚于你……"

她说着向玄鬼投去责备的眼神：

"这回算是逮住你的把柄了，你不仅擅用回顾过去的法术，还逼出一只人鬼。"

"哼，开什么玩笑？擅用法术算我的错，人鬼与我何干？这丫头能看见本不该被看见的我们，说明从一开始就带着鬼芽，就算不跟我们碰上，也早晚都会变成人鬼。"

"什么是人鬼？鬼芽又是怎么回事？"

小鬼抱着阿民插嘴道。天女怜悯地望向他：

"以纯洁的心灵犯下罪过的人偶尔会生出鬼芽。"

"罪过……是说她吃了弟弟吗？那种事怎么能算罪过？鸟兽可是经常……"

"我不是说了吗？人类将那种事视为罪恶。"

玄鬼不耐烦地回答。天女点了点头：

"所谓罪，是人类智慧的产物，只要别人或自己认为一件事是罪恶的，当事人便会心生愧疚。"

"有趣的是，他们的法条和禁忌会随着时间越变越多。"玄鬼面带嘲笑，"也不知为什么，他们就喜欢自寻烦恼。给自己套上一张又一张的网，简直蠢到家了。这么看来，我们鬼族既没有罪也没有惩罚的概念，是不该被叫来这里的。"

"你们必须服从天理，对于这次的事，你们不是受罚，而是要为此负责。"

天女不容置疑地道。玄鬼显得很不服气。

天女没搭理他，而是蹲下身，将美丽的脸孔凑近小鬼：

"这个女孩也是因为自己的罪而深深内疚，直到承受不住，在体内生出鬼芽。"

听了这话，小鬼想了想，觉得不对：

"可是阿民不知道自己吃了弟弟，所以才一直找他，可为什么……"

"她多半用了遗忘的咒语。"

"遗忘的咒语？"

"遭到重大变故、感觉活不下去的时候，有些人会使用遗忘的咒语。"

"她大概知道自己吃下去的不是兔肉。"

玄鬼瞥了一眼小鬼怀里的阿民：

"鬼芽受到某种刺激而萌发，就会把人变成叫作人鬼的怪物。你也看到了，人鬼会不分青红皂白地杀人，而且再也变不回来，直到死后下地狱。"

"地狱？你说阿民会下地狱？！"

小鬼睁大了双眼，用力抱紧阿民的身体：

"不行的，阿民没做过什么坏事，怎么能让她下

158

地狱?!"

"小鬼啊,你先别急,她应该不会下地狱。"

望着拼死抱住阿民的小鬼,天女柔声安慰道:

"她虽然成了人鬼,却还没有杀过人,不至于被打入地狱。只不过⋯⋯"

天女脸上的微笑变得有些苦涩:

"寄宿鬼芽的人是不能转世的。"

小鬼抬起红色的脑袋望向天女,神情讶异:

"什么意思?"

"人鬼不能转世为人或其他任何生物,将被排除在生命的轮回之外,灵魂就这样消失。"

鬼芽一旦凭附生命就不肯轻易放手,即便是天人也无法将它彻底去除。怨恨一旦积累,它便会一次又一次萌发。凡人自不在话下,就连鸟兽也能被它的疯狂传染,化为邪物。

"所以它所寄宿的生命不能转生,只得在此隙谷中迎接死亡,化为乌有。"天女解释道。

"阿民就要死了?我们永远无法再见?"

"正是如此。"

"不要!我才不要这样!阿民太可怜了!"

小鬼紧紧抱住怀中的阿民，无论如何都不肯放手。阿民额头的角已荡然无存，此刻的她看起来就像睡着了一样。

"小鬼，你看。"

随着天女优雅地高举右手，周围的乳白色雾气骤然散去，露出截然不同的风景。

"好厉害！"

小鬼竟然在一瞬间将阿民的事抛诸脑后，目瞪口呆地仰视头顶，因为眼前的景象实在过于宏伟。

他正身处一座高塔，周围环绕着仿佛细长的海螺壳一般的圆筒形墙壁。墙体散发出瓷白的光泽，再怎么仰起头也看不到顶。一条同样具有贝壳纹路的通道沿着墙壁螺旋上升。

紧靠通道的塔壁上是一个个蜂巢样井然有序的洞口，各式各样的生物正顺着螺旋通道向上攀登。

鸟、兽、虫，甚至无足的鱼类都像蚂蚁般排成长队，它们既不是在走路，也不是在飞行，都在被沿着塔壁缓慢地螺旋向上运送。其中也有人类。

"那些都是在凡间结束了一生的灵魂，只是还保持着从前的样貌，它们来生的去向将在这座塔里得到定夺。无论鸟兽鱼虫还是人，都希望自己的来世仍然保持现状。可是假如灵魂被判断为没有那种命数，转生为别的生物也不足为奇。"

"只有人才进那个洞。"目不转睛的小鬼指了指高塔的第三层。

"是的，由人转生为人就会穿过那个洞。"

"咦？后面的男人进了旁边的洞，那个婆婆进了上面的洞。"

"那两个分别是转生为野兽和鱼类的通道。"天女解释道。

"哇，人还能变成狐狸和鲑鱼呢，真不简单！"

小鬼看得很起劲，天女却怜悯地道：

"小鬼，不管你怎么想，这个女孩都去不了那里……也不能在这座塔中转生为任何生命。"

小鬼的红脸上很快堆起愁容，原本蓬松的绿头发也突然耷拉下来。他难过地看着阿民：

"为什么？为什么只有阿民……她头上已经没有角了，表情也不可怕了。"

小鬼就像一个讲不通道理的孩子，可是天女还在耐心劝说他：

"你知道吗？地狱是专为人类存在的。"

小鬼摇了摇长满绿头发的脑袋：

"不知道，我只听上山的人说过地狱很可怕。"

"是人类自己想要地狱的，因为他们拥有了智慧，就要求犯罪者得到惩罚。"

一切生命都能在这座隙谷洗去前世的污垢，进入新的轮回。可唯独人类办不到，因为他们的智慧让前世的罪恶紧紧附着于灵魂之上，难以剥离。

不知从何时起，人类需要通过受罚来洗刷罪恶，这便是地狱诞生的缘由。

"可是小鬼啊，就连地狱都救不了寄宿着鬼芽的人。灵魂就好比白玉，上面的污垢可以擦去，裂缝却难以弥补。"

然而无论天女如何费尽口舌，小鬼都不肯放开阿民。天女微微皱起端正的双眉，知道只能强行将两人分开。她说道：

"真拿你没办法。玄鬼，来帮我一下……咦，玄鬼，你在哪里？"

天女找不到原本站在她身后的玄鬼，东张西望起来。

"玄鬼追着路过的另一个天女跑掉了。"

"真是贼性难改，我得去把他找回来，免得惹出麻烦。"

天女发出一声夸张的叹息，让小鬼原地等待，自己去找玄鬼了。

望着身穿羽衣的背影离开，小鬼又凑到阿民面前：

"阿民……你能再睁眼看看吗？"

说着，他轻轻抚摸起女孩被晒黑的光滑脸蛋。

仿佛是听到了他的呼唤，阿民的睫毛突然震颤了一下，随后睁开双眼，吓得小鬼差点把她的头摔到地上。

"阿民，你醒了？认得我吗？"

阿民原本茫然的视线渐渐集中在小鬼的身上：

"小……鬼？"

"阿民！你活过来了！我们又见面了！"

小鬼用力抱紧了阿民。女孩艰难地动了动身体，忽然意识到了什么：

"嘴里有青草的味道……小鬼，你又把身上的精气分给我了？"

"嗯，灌了很多很多进去，也许是靠这些草木精华你才醒了过来。"

小鬼放开阿民笑道。

"这是哪里？"

"隙谷，是死去的生命重新转世的地方。"

"……我也死了吗？可以转世了？"

小鬼实在不忍心将天女的话转告给她，况且眼下还有更重要的事。

"阿民，快逃吧，你不能待在这里。"

"要逃到哪里？"

小鬼愣住了，他也是第一次来隙谷，不知何去何从。

"不管去哪儿，和小鬼在一起就好。"

"和我在一起？"

"嗯，和你在一起，什么都不怕，不管是逃跑还是死，或者转世。"

小鬼灵机一动——只要用这个办法就能让阿民逃出隙谷，而且两人可以永远在一起。想到这里，他雀跃地抓住了阿民的手：

"来吧，阿民，这边走！"

"嗯。"

阿民也握住了小鬼红彤彤的手。虽然她脸上的笑容一如既往，手上却没有半点温度。小鬼想，也许她的生命确实到了尽头。

但是现在来不及多想，稍有耽搁，天女和玄鬼就会回来。小鬼牵着阿民跑向螺旋通道：

"抱歉，请让一让！"

他们越过鸟兽鱼虫，一路向上飞奔。

"小鬼，我们要去哪儿？"

"转生为人的洞穴！就在这附近……看见了！"

在弯弯绕绕的螺旋前方，人们接二连三地走进了那座天女所说的由人转世为人的洞穴。

"小鬼也会变成人吗？"

"是啊，那样一来我们就能一起住在人类的村子里，而且……"

小鬼忽然不说话了。穿过狭窄的洞口，他们来到一座瓷白色的大厅，大厅中央围聚着一大群即将转世为人的人。

"不好，有天人在，被他们发现就糟了。"

大厅四下都站着身穿白色和浅蓝色衣服的男人，他们的模样与人群大不相同。更何况，小鬼天生就能一眼区分出天人和凡人的差别。

小鬼和阿民奋力挤入人群。

"那个人去那边，你朝这边走。"

大厅深处的墙壁上还有几十个长方形的洞口，按照天人的指示，人们逐一钻了进去。

"请问那些洞是干什么的？钻进去就能转世为人吗？"

小鬼扯了扯身旁人的衣服，那位老人回头看了一眼阿民：

"你找我有事吗？"

老人既看不见小鬼，也听不到他的声音：

"想问什么就说吧。"

老人亲切地在阿民面前弯下腰，阿民重复了小鬼的话：

"钻进那个洞就能变成人吗？"

"是啊，那个洞很深很深。"

"有那么深吗？"

阿民看着黑漆漆的洞口，畏缩地握紧了小鬼的手。

"没什么可怕的，那里通向娘亲的肚子。"

"娘亲？"

"穿过深深的洞穴，我们都会变回婴儿。"

"变成婴儿？爷爷你也是吗？"

阿民难以置信地瞪大眼睛，老人张开牙齿掉光的嘴，微笑道：

"别看我现在成了干瘪老头，曾经也是个小婴儿啊。"

他嘴上虽然还在笑，眼神中却满是怜悯。

"小小年纪就来这里啦，真可怜，下辈子可要像我一样活到满脸皱纹才好。"

"像爷爷一样满脸皱纹？"

阿民皱了皱眉，似乎不大乐意。老人又笑了起来，然后伸出瘦骨嶙峋的手，放在她头上：

"活得越久，吃的苦也就越多，远远多过开心的事。可话说回来，有些事得到了这把年纪才能懂得，尤其是幸福与不幸。"

阿民似乎没听明白。

"只有活久了才懂得什么是幸福，什么是不幸……对不起，不该跟小孩子说这些。"

老人又摸了摸阿民的脑袋，转身面对前方，因为有天人在叫他。老人和阿民说话的时候也在被队伍向前推，此刻已经轮到他了。

然而天人无视了老人的存在，将目光径直投向他身后的小鬼：

"怎么有鬼在这里？这不是你该来的地方。"

"不好，被发现了！"

虽然凡人看不见他，可是天人的眼睛却是雪亮的：

"有鬼混进来了，快去把他抓住！"

随着天人一声令下，周围传来紧张的脚步声。天人的手下可不像他那般有贵族风度，个个都是头发竖起、胡子拉碴的武士打扮。

"小鬼，我们怎么办？"

"跟我来，阿民！趁他们还没过来，我们先进洞！"

小鬼拉着阿民的手从老人身边跑过，脱离了人群，他的目的地是横向排开的数个洞穴。

"站住！鬼是不能穿过那个洞的！"

小鬼和阿民毫不理会身后传来的声音，冲入洞穴。

洞中一片漆黑。由于刚刚还身处散发着温和光芒的瓷白色大厅，此刻连小鬼都有点看不清方向。不过他还是紧紧抓住阿民的手，不停飞奔，因为身后的洞口响起成群结队的怒吼和脚步声。

阿民在身后惊叫一声，差点松开小鬼的手，原来是绊了一跤。小鬼只靠右臂勉强拉住她的身体。

"阿民，我背你，这样更快。"

小鬼蹲下身，背起阿民接着跑。

他在山上总是健步如飞，此时却觉得身体莫名沉重，仿佛进入了夏日雨林。周围空气闷热难当，他的脚底也时常打滑。小鬼还闻到一股遍布水草的沼泽一般的腥臭味，更觉难受。

"小鬼，你不要紧吧？"

阿民在他背上担心地问。

"我没事。"

小鬼丹田发力，只顾着奋力向前奔跑。

"小鬼……"

又跑了一会儿，阿民再度开口：

"你刚才说变成人以后要和我在一起，后面还想说什么来着？"

小鬼想了一下，记起在走进大厅前说到一半的话题。

"我想听你说完后半句。"

小鬼点了点头，边跑边道：

"我说……我也想要个阿娘。"

"要阿娘？"

"你不是说母亲是世上最好的人吗？其实在山上我就一直羡慕别人，连鸟兽都有母亲。"

"嗯，变成人以后你也会有阿娘的。"

听到阿民在身后打包票，小鬼不禁张开大口笑道：

"真希望阿娘替我整理毛发、舔我的脸！"

"我们的阿娘才不会做那种事。"

阿民笑道。

"那她会做什么？"

"会抱你、摸你的头……在你还是婴儿的时候给你喂奶。"

"哦……山上的野兽也会给孩子喂奶。等我变成了人，一定要先尝一口阿娘的奶！"

小鬼想象着未来，脸上泛起满足的微笑。可就在此时，背后的阿民突然叫道：

"糟糕，小鬼，我忘了还有弟弟！"

"啊？"

"我要先找到弟弟……他也还是婴儿，一定在哭着要奶吃！"

阿民忘记了在法术中看到的过去。小鬼正愁该如何作答，却听到后面的脚步声越来越近。

"阿民，只管往前走，等到了人间我们再一起找。"

"嗯。"

黑暗中的阿民应道，声音几乎要被后面的脚步声盖过。

小鬼拼命奔跑，试图甩掉追兵，怎奈身体不听话，越往深处走，他越感到闷热窒息，光脚踩着的地面也不再平稳。

"怎么回事？地面在动？"

原本坚固的地面不知不觉间变得柔软，仿佛双足就要陷进去，甚至微微起伏。就连一片漆黑的墙壁和洞顶也一同发出"咚咚"的脉动声。

小鬼深一脚浅一脚地往前走，就像踩在通往无底沼泽的泥地里。背上的阿民越来越重，压得他频频喘气。

"看见人了，快抓住他们！"

他们被天人发现了。感觉身后的气息越来越近，小鬼急得脚底打滑，坐倒在地：

"哎呀呀，怎么这么滑？"

小鬼和阿民坐在洞穴的地上，一路向前滑去。黑暗中的他们并不知道，原本笔直的地面正逐渐倾斜，在中途突然形成了陡峭的斜坡。斜坡表面仿佛被水冲过的黏土，很容易让人滑倒。

两人不停下滑，就像滑过冻得结结实实的雪山坡面。

可是，小鬼的身体在斜坡的山腰处忽然停住，害得后面的阿民一鼻子撞在他头上：

"好痛！"

阿民捂住鼻子。多亏那头茂密的绿色长发保护，她才没受伤。

"怎么了，小鬼？前面没路了？"

"不是的，我的头被卡住了。"

倾斜的洞穴越来越窄，洞顶和地面都快要亲密接触了，最终卡住了小鬼的头。

"好奇怪，就是拔不出来。"

无论他怎么扭动脖子，天灵盖始终被洞顶固定，动弹不得。将他定在原地的其实不是他的脑袋，而是绿发丛中冒出的拇指指尖大小的犄角。

"早就告诉你了，鬼是过不去的！"

上方投来一束昏暗的光线，照在两人背上，追兵正从变得倾斜的狭窄洞口向内张望。

"大人，我们找到鬼了！"

天人的手下高声道。然而小鬼没有放弃，因为洞口大小只够成年人爬过，就算他们进得来，也无法轻易分开两人。

可是，远在头顶上方的天人朝下张望，道：

"看来你动不了了，等着，一会儿就完。"

天人不慌不忙地将手伸向洞口，立刻招来一阵狂风，把小鬼的身体向后拽。

"我，我要被吸上去了！"

阿民惨叫着搂住小鬼的脖子。现在只有小鬼卡在洞顶的角是两人最后的依靠。

"真不老实，浪费我们的时间！"

背后的吸力更强了，使得阿民整个人都飘了起来，只剩两条胳膊还缠在小鬼的颈上。

"撑不住了，小鬼，我、我的手麻了。"

"阿民，别放弃！"

小鬼抓住阿民快要松开的双臂，拼命将她拉到自己的腋下。他用两条红色的胳膊将女孩揽到自己身前，却感到头顶一阵发痒。因为用力过猛，深深卡进洞顶的角变弯了。

"不好，要被吸走了！"

小鬼感觉自己的身体被龙卷风刮了起来，于是下定了决心：

"阿民，你先走！"

"不，小鬼，我们要一起……"

"我一定会跟上去的，你先走！"

小鬼用尽浑身的力气，在阿民后面猛推一把，让她一口气滑下了斜坡。

"小鬼——！"

阿民的喊叫声在他耳边久久回荡。

*

"小鬼，看看你都干了什么?！"

小鬼被天人从洞里吸出来后，又被他的手下们押到天女面前。

"你犯的罪比擅用回顾过去的法术要严重得多！"

"这小鬼真不让人省心啊。"

玄鬼在她身后一脸无奈地道。天女瞪了他一眼，像是在责备这个罪魁祸首，吓得玄鬼不敢吭声了。

"我想救活阿民，无论用任何办法。"

小鬼低头嘟囔道。

"知道你可怜她，可是小鬼，那个女孩返回人间以后会发生什么事，你想过吗？"

"会发生什么……"

小鬼不安地抬头看向天女。

"不让寄宿鬼芽的人获得新生命，还有一个原因。"

天女的表情既像是在后悔没有早说，又像在哀叹为时已晚。不过小鬼还是睁着大眼睛，盼她快点讲下去。

"鬼芽获得新生命后就会依附在那人身上，长达千年。"

"千年？凡人和野兽可不像我们能活那么久。"玄鬼道。

"无论转生多少次，鬼芽都会在千年间让那人心怀恶念，反复铸下大错。"

小鬼听得目瞪口呆。

"因为你让那个女孩重获新生，鬼芽已经开始了千年的轮回。她在千年间必然会转世为人，遗祸人间！这是不可更改的定数，神仙也救不了。"

"阿民她……会怎么样？"

"每次转世，她身上的鬼芽都会萌发、成长，让她犯下恐怖的恶行。"

"……每次都会让她下地狱吗？"

小鬼战战兢兢地问，天女却摇了摇头：

"鬼芽甚至能打破犯罪即入地狱的法则。"

"你的意思是，那个丫头会在千年间不落地狱、反复转生、作恶多端喽？"

玄鬼代替哑口无言的小鬼问道。

"不错……所以被鬼芽寄宿千年的人此后会在地狱中再度过千年，最终生命化为乌有……"

"那样的话阿民也太可怜了！"

小鬼抓住天女的长衣，苦苦哀求，

"假如……假如阿民没有做坏事，平平安安度过千年，是不是不会下地狱了？"

"小鬼，这是不可能的。"

天女同情地看着他，说道：

"鬼芽的力量极其强大、邪恶，只要有一丁点恶意和不幸的刺激，它就能把人变成恶鬼。你也看见了，人鬼是比发狂的野兽还要恐怖的怪物。"

小鬼想起阿民双目充血、用纤细的手臂死死掐住他脖子的样子，不禁咽了口唾沫。

"别再担心那丫头的去向了，先想想你自己吧，还不快求天人别把你化为沙子。"

玄鬼无情地道，小鬼却不肯放弃。他绞尽脑汁地想了一会儿，终于抬起头：

"天女，你要把我变成沙子也可以，不过请等我一千年。"

"你是有什么打算吗，小鬼？"

天女疑惑地俯视着他。

"在这一千年里，我会阻止阿民作恶。"

"什么?!"

"不管阿民转生为什么人，我都会跟在她身边，阻止她做任何坏事，那样她就不用下地狱了吧？"

天女对这番话大感意外，只能目瞪口呆地盯着小鬼。然而玄鬼立刻泼了他一盆冷水：

"人何时死去、要转世到什么地方，就连天人都不会——记得，你怎么找？"

小鬼无言以对，玄鬼更加残忍地笑道：

"再说你根本下不了山，除非能像我一样在村落和大海间自由往来，不然根本无处搜寻。"

"对……我不能去人间。"

小鬼终于垂头丧气地道：

"如果我也有玄鬼那样的法力就好了……那样就能阻止阿民……因为她看得见我……"

"你说得对。"

小鬼无意的自言自语提醒了天女，她接着说：

"体内寄宿着鬼芽的人可以看见你们，以这股强大的力量为线索，未必找不到宿主。"

小鬼脸上又有了希望。

就在这时，一阵动听的声音从他们的头顶极高处传来。声音层层叠叠，既像小鸟的吟唱，又宛如美妙的旋律。

天女抬头看向螺旋通道的顶端，微微点头：

"天命已至——小鬼，就如你所愿吧。"

"天女，是真的吗?!"

小鬼喜形于色，玄鬼却怀疑地瞪了天女一眼：

"你们发什么疯？人的寿命不过五十年，在一千年内要摘除二三十次鬼芽，谈何容易？"

"就算一两百次我也愿意！只要能见阿民，都没关系！"

"小家伙你给我听着，"玄鬼又在小鬼头顶拍了一巴掌，"人转世后就会把前世忘得一干二净，看见你也不认识了。"

"那也不要紧……"

小鬼小声说着，低下头去：

"认出我，她或许也会想起弟弟，还不如忘了好。能见到她我就很满足了。"

小鬼抬起头，微笑道。玄鬼气呼呼地说：

"哼，随你的便，反正与我无关。"

"那可不行，玄鬼，上天命你与小鬼同行。"

"开什么玩笑！凭什么要我陪他?！"

玄鬼立刻睁大了双眼，话到嘴边又被天女瞪了回去。

"你擅用回顾过去的法术，付出这点代价也不为过吧？"

"也就是说，一切都是对我们的惩罚？"

玄鬼凑近天女，几乎要把鼻子贴到对方脸上：

"岂有此理！要惩罚就干脆点，何必拖上整整一千年？"

也许是怕被小鬼听到，他刻意压低了声音：

"先不说我，他犯的罪很重……就算化为沙子也不冤枉。"

天女唇角扬起一丝笑意，那是玄鬼从未见过的表情，甚至让他忘了抱怨，反而惊叹一声。天女厌恶地后退一步道：

"这是上天对你们的仁慈，事成之后自有奖赏。"

"奖赏？"

"许你可以实现任意一个愿望，只要不太过分，都可以得到满足。"

玄鬼试探地盯着天女看了一会儿，坏笑道：

"那我想要最高的奖赏。"

"是什么？"

"就是你。只要能得到你，我可以答应。"

天女只犹豫了片刻，又露出和蔼的微笑，接受了玄鬼的条件。

"很好，你可别爽约。"

玄鬼态度转了一百八十度，突然干劲十足。

"你也一样，小鬼。"天女道。

"啊？"

"只要守护她转世一千年，你也能得到奖赏。"

刚才还笑得很得意的玄鬼惊讶地看了一眼天女。

"我不要什么奖赏，只要阿民平安……"

"有盼望才更有动力，你许个愿吧。"

在天女的柔声建议下，小鬼想了想，才说：

"有了，我想成为人！"

玄鬼马上给了他一拳：

"动动脑子！为啥偏要变成那种无力的东西，起码换成熊也好啊！"

"变熊也可以，就是还要冬眠，不如变人。我想要阿娘。玄鬼你知道吗？人类的阿娘不会给孩子理毛，也不会舔他们的脸。"

"废话。"玄鬼颇感没趣。

"等我变成人就要阿娘抱，还要她摸我的头、给我喂奶。"

小鬼笑容满面，天女也微笑着说：

"好吧，小鬼，等千年平安度过，你的愿望就会实现了。"

一身赤红的小鬼像野地里的兔子一般欢呼雀跃。

玄鬼的脸上写着不信任，但是天女假装没看到，仍然郑重宣告：

"一言为定，你们两个都没意见吧？"

见二鬼点头允诺，天女轻轻伸出手：

"先把你的锡杖借我一用。"

她接过玄鬼的锡杖，高高举起，一道白色闪光旋即从天劈落在杖尖上，使得杖身也像带电般散发出白光。

天女拨开小鬼的绿发，以发光的杖尖轻抚他的小角。

"哈哈哈好痒啊……哎哟，怎么回事？！"

小鬼浑身被耀眼的光芒包裹，逼得玄鬼转过脸去。当光芒渐渐散去，红色的小鬼不见了踪影，取而代之的是三个形貌酷似人类的男孩。

"我怎么了？好像长了人手？"

嘴巴硕大的男孩仔细瞧着自己的双手。他原本锐利的爪子被削平了，只剩下黄皮肤和软绵绵的手掌。

"这样你就能下山了，人类的样貌能让你不至于吓到女孩的转世。"

"嗯……不过这两个家伙是？"

"他们是用你的身体做的人偶，用意念让他们动动看吧。"

男孩照做了，在他的意念驱使下，两只人偶腾地站了起来。

大嘴巴吓得向后退去，那两人则四处乱跑。

"站住！"

大嘴巴的小鬼急忙追了上去。

"看来得训练一阵子才能控制好他们。"

天女眯起眼看着这番好似捉迷藏的景象，可身旁的玄鬼却神情严峻：

"居然拿奖赏当诱饵，究竟有何居心？"

他可不像小鬼那么容易上当：

"既然犯了禁，上天便不会宽恕我的。照理说我们会受到严惩，也就是你们口中的'负责'，怎么可能得到奖赏？"

"的确是在惩罚你们。"

"此话何意？"

天女依旧笑得很温柔，玄鬼却感到背脊一阵发凉。

"在一千年间持续使用回顾过去的法术来摘除鬼芽，这就是对你们的惩罚。"

"要用回顾过去的法术？"

天女将锡杖还给玄鬼：

"要用法术的不是你，而是小鬼。"

"那样一个小不点怎么可能用得来？别说千年了，过不了百年，他就会力竭……"

玄鬼的一双银眼突然瞪得老大，和天女对视，后者却默默背过身去。

小鬼终于抓回了两只人偶，笑着说：

"不管转生多少次，我都会去找你的，等着我吧，阿民。"

玄鬼看着他幸福的表情，眼神更加阴郁。

人鬼所经之处，皆化为尸山血海。

尸山血海又招来憎恨与疯狂。

恶念之种如凤仙花种般四处播撒。

终将招致乱世与纷争。

彼时不再有人世，只余阿鼻地狱。

***

"一天到晚看什么呢？"

背后传来温柔的声音。

"看山。"多美用摆出莲花造型的双手托着圆嘟嘟的脸蛋道。

这片盆地东、西、北三面环山，多美每天都会不厌其烦地望着它们，因为面前的风景和她以前见过的山都不一样。

不过多美虚岁只有八岁，还说不清其中的差别。她只知道，那些山的颜色和形状与她那生活了六年、早已熟悉的故乡群山不同。多美出生在遥远的东边。

"还在想家？"

"不是啦，姐姐。"

多美回过头去，看见一双无奈的眼睛正对着自己：

"不对，天神姐姐。"

多美急忙改口，那人却笑了：

"只有我们两个人的时候，叫姐姐就好了。"

姐妹俩都笑了。她们相差七岁，长得却很像。染枝天神是多美的亲姐姐。

天神是一种头衔，在西边的花街柳巷中仅次于太夫①。天神年方十五，十二岁那年就染黑牙齿②，步入成年人的队列，展露出倾国倾城的姿色。她身穿短褂和服、外系宽腰带、头插十二根发簪前往茶馆的时候总是惹得路人注目。

打扮艳丽的染枝让多美很是自豪，但她更喜欢此刻毫无虚饰的姐姐。姐姐离开家的时候，多美还是一个婴儿，直到六年后来到这里，她才知道了姐姐的长相，姐姐也对她很好。

"练跳舞苦不苦？"

"嗯……老师总说我跟个木偶似的。我不像姐姐，不

---

① 日本艺妓中的最高等级，不仅要容貌秀美，还须具备知性与教养。

② 以烧过的铁针与茶、醋、酒等液体混合，发酵后制成铁浆水，再加入五倍子粉调成化妆品，以此涂黑牙齿。在古代的日本，人们认为"染黑齿"可以预防蛀牙和牙周病，且黑齿染料的制作费时费力，一般只有贵族或武士阶级的家庭才能承担费用，因此也被视为身份地位的象征。

是唱歌跳舞的料。"

染枝一开始被卖到离故乡不远的江户游廓，像如今的多美一样成为照顾艺妓的童女，后来偶然被京都来的人贩子看上。因为她不仅貌美如花，还能歌善舞。

在京都，花街柳巷对才艺的要求更胜过江户。

"老师一直是那样的，以前也常常骂我。"

任凭姐姐如何柔声安慰，多美却依然无精打采。染枝叹了一口气，关心地道：

"多美，你想回家吗？"

"姐姐……"

"你不该来这种地方。"

"没那回事。"

多美急忙打断唉声叹气的姐姐：

"米饭管饱，有漂亮衣服穿，还有姐姐在，俺很满足。"

姐姐能说一口流利的京都腔，刚来不到一年的多美却还带着浓重的乡音。如今她在人前不再暴露，不过一放松下来，方言便脱口而出了。

大约十个月前，多美也像姐姐一样被卖到西边的古都。

"都怪我多嘴，多美……别记恨姐姐。"

染枝只是向同为艺妓的伙伴提起了家乡的来信——老家的父母故意在信中说七岁的多美长得和染枝天神小时候一模一样。于是，消息灵通的妓院老鸨便派了一群手下去东边把多美接了过来。

多美可不懂那些成年人的心思。

可惜多美没能继承姐姐的歌舞天赋，更让她头痛的是古都的规矩。说话带着乡音、办事手忙脚乱，也使得老鸨常常对她感到失望：

"除了脸蛋，你还有哪里像染枝？真是亏本买卖！"

最近，多美甚至常常受到年长侍女和同龄童女的嘲笑。

"我一开始也老挨骂的，跟你一样。"

"姐姐跟我才不一样。"

多美只觉得自己没用，既害臊又难过。

染枝没有欺骗妹妹，以前她的确常受责备。那是由于大人们觉得她是可造之才才会对她严厉，同辈们则对她心怀嫉恨。

染枝没法告诉年方八岁的妹妹，艺妓需要的不只是才艺。多美又一次靠在窗边，用手掌托起下巴。

"多美，你可真喜欢看山啊。"

染枝以为妹妹是在怀念故乡，但事实稍微有不同。

每当望着群山，多美就有一种奇妙的感觉。她感到心里痒痒的，似乎自己遗忘了重要的事情，那股滋味一言难尽。

正因为难以名状，多美才一直没告诉姐姐。

"姐姐……"

"怎么了？"

"我们没有弟弟吧？"

"废话，你是最小的孩子。"

"嗯。"多美有些不服气地叹了口气。

"真是个奇怪的孩子，做梦了？"

多美仿佛做过一个梦，在梦里有人背着他找弟弟，但她不确定。梦中繁茂的蔓草刺得她脸上痒痒的，浓烈的草木芬芳令她心旷神怡，不由把脸埋在里面。那似乎不是蔓草，而是某个人的头发。

可这世上有谁的头发是绿色的？

多美急忙打消了胡思乱想的念头，又开始觉得痒痒的，不过这次不是心里。

——是额头。

被刘海遮盖的双眉上方仿佛有虫子在爬，让多美忍不住双手扶额。

"多美，你怎么了，头疼吗？"

姐姐刚要起身，走廊上便传来老鸨的声音，拉门随即被打开：

"染枝，茶馆的人来叫你了……哎哟，小萩，你怎么还在这里？"

老鸨叫着多美的艺名，瞪了她一眼：

"你该去练跳舞了吧？小萩，别的孩子可早就出去了。"

"妈妈，您就网开一面吧，小萩不太舒服。"

"小小年纪就爱偷懒，可怎么好？小萩，快准备练习去。"

多美老老实实点头答应，好在被老鸨吓了一跳后，额头上的奇怪感觉也消失了。

"染枝也收拾起来，戌时要去喜田矶。"

听老鸨提起茶馆的招牌，染枝脸上满是期待：

"是哪位客人？"

老鸨说出了恩客的名字，染枝一下子羞红了脸。

那是一位寄居大户人家的浪人①，堪称一表人才。他总是和几位同伴一起逛茶馆，也是染枝的常客。不过就连多美都能看出来，两人可不只是恩客与艺妓的关系。

老鸨看来对此很是担忧，叮嘱染枝道：

"别用情太深，不会有好结果。"

"我知道，妈妈。"

染枝回答得小心翼翼，然而看她的表情就知道，老鸨的叮嘱是白磨嘴皮了。

老鸨无奈地叹了口气：

"这阵子外面不太平，可别惹上麻烦。"

老鸨说完又冲多美发了几句牢骚，才走出房间。

"姐姐，你要嫁给那个浪人吗？"

等老鸨的脚步声走远了，多美悄悄问。

"没头没脑的，瞎说什么呢？"

"姐姐嫁了人，我就会被赶出去吧……"

染枝吃惊地看着妹妹，又凄然笑道：

"多美，坐到这边来。"

染枝拍了拍自己的膝盖，等多美乖乖坐上来，就从身后轻轻搂着她：

───────────

① 指离开主家四处流浪的武士。

192

"放心，姐姐不会嫁人的。"

"你不是很喜欢这个浪人吗？他也……"

"他呀，有重任在身。"

"重任？"

"他要改变这个世道，让大家都生活得更好。"

多美听不太懂姐姐的话，只是最后那句让她印象深刻：

"我会一直和你在一起。"

好像还有另一个人也对她说过同样的话。

不过那一丝丝疑惑很快就被脂粉的芳香驱散了。

*

"起来，我们到了。"

小鬼被粗暴地摇醒。

感觉到绿色的头发被风吹得糊在脸上，小鬼睡眼惺忪地眨了眨眼：

"嗯……这是哪儿？"

"京都。"

听了这话，小鬼朝身下望去，只见遥远的地面上灯火如棋盘一般纵横交错。过了一会儿，他才发现自己是被玄鬼夹在腋下穿行于空中。

风声在他耳畔呼啸，天空覆盖着厚厚的云层，月黑星稀。虽然周围早已暗了下来，鬼眼依然能在黑夜中辨得分明。可不知为什么，下方的城市看起来却模模糊糊的。

"这瘴气可不是一般地厉害，居然笼罩了整座城。"

慢慢降低高度的玄鬼小声说。

"……瘴气？"

小鬼刚刚醒来，脑子不太转得动。可是一看见铺着瓦片的民房屋顶，他就立时明白了玄鬼的话：

"那是什么东西？好恶心！"

小鬼起了一身鸡皮疙瘩，感觉有无数只虫子在身上爬。一股狰狞的邪气正牢牢盘踞在京都城的上空。

"从前来的时候不是这样的，究竟发生了什么？"

也不知是在几百年前，他们曾经追着阿民的转世来过一次。

"是因为鬼芽。"玄鬼声音低沉。

"鬼芽？莫非是阿民……"

"不，就算那丫头的鬼芽萌发，也不可能产生这么强的邪气。"

"阿民的鬼芽萌发了吗?!"小鬼骤然间面无血色，"等她变成人鬼就没救了，你怎么不早点叫醒我，玄鬼?!"

"这叫什么话？是谁睡得那么死？"

小鬼头上挨了一拳，眨眼道：

"是我……醒不过来吗？"

"不管我怎么打你、踢你，你就是不睁眼，无奈之下我才抱着你飞过来啊！"

"是吗？对不起……"

小鬼轻声道歉。即便现在，他也觉得眼皮像是坠着重物一般不停往下掉，四肢也抬不起来。他浑身都像被灌了铅一样不听使唤，稍不留神精气就像要往外漏。

"……我是不是快不行了？"

"听不见！你刚说话了？"

"不，没什么。"

玄鬼瞥了一眼沉默的小鬼，他只是假装听不见而已。奔忙了千年的小鬼早已精疲力竭，只是一心想救阿民，才拖着行尸走肉般的身体勉强维持。他的生命之火即将熄灭。

"话说回来，一个人的鬼芽萌发不可能带来如此严重的后果。有时鬼芽会碰巧接二连三萌发，制造大量的人鬼，形成人类口中所说的乱世。"

玄鬼言归正传，解释说鬼芽一旦萌发就会成为招致新灾难的火种，在极偶然的情况下，许多鬼芽会形成连锁反应，成为战争的源头。

"你的意思是这股强烈的瘴气是许多鬼芽造成的？"

"就算那丫头的鬼芽还受到压制，也坚持不了多久，京都是它成长的温床。"

古都往往积累了大量的怨气，很容易成为魑魅魍魉的聚集地。尤其是这座京都，从古至今已多次成为人鬼的巢穴。

"天女说她就在附近……可恶，瘴气太浓，把鬼芽的气味给遮住了。"

玄鬼不耐烦地在周围盘旋起来，被他夹在腋下的小鬼发觉脚下的街道比附近更加灯火通明：

"这里特别亮。"

"嗯，多半是花街柳巷。"见小鬼没听懂，玄鬼接着说，"就是男人找女人的地方，跟你这种小鬼头无缘。"

"凡人也会像你一样勾三搭四吗？"

明明说的是真话，小鬼脑袋上还是挨了一巴掌，疼得他摸了摸头顶。不过这一动也让他看到了意外的景象。

"玄鬼，那里的瘴气特别浓！"

玄鬼定睛看向小鬼所指的小巷："哦，是有人在以命相搏。"

大约二三十个手握刀剑的武士在花街柳巷中央的大街上相互砍杀。夜色中，钢刃相撞之下火花四溅。无论是攻击者的呼号还是受伤者的惨叫，听来都像是野兽的咆哮。瘴气在一次次的流血中也越来越浓。

难以忍受这股腥臭之气的小鬼终于用双手捂住了大嘴巴和鼻子。

"他们好像代表了这个国家的两股势力，口中吆喝着大义名分，却不知自己不过是鬼芽的提线木偶。了不起啊。"

玄鬼嘲笑道：

"不过这些凡人能和平度过二百五十年，也不容易了。"

他的话音未落，下方的局势更趋混乱。

几名武士踢开妓院的大门冲了进去，女人们尖叫着向外奔逃，可大街上也到处都是杀气腾腾的武士。

"连女人都不放过，他们真是疯了。"

一个艺妓模样、衣着华丽的年轻女子也从妓院里跑了出来。和四散奔逃的同伴不同，她只是站在门口一动不动。

"先生！"

她朝一个正和人缠斗的武士喊道。

"染枝你别过来！快带着妹妹走！"

一个七八岁的小女孩面无人色地紧紧抓住年轻女子的手。

"玄鬼，那孩子……"

"嗯，年纪那么小，应该不是艺妓……大概是还在练习的童女吧。"

"你没看出来吗?! 她是阿民！"

"你说什么？"

"不会错的，她长得和我在千年前见到的阿民一模一样。"

"我哪会知道……"

玄鬼早就忘了千年前只见过一面的女孩长什么样子，却还是抱着小鬼降落在一座两层楼房的屋顶，打算探个究竟。

*

被染枝吸引注意力的不只是她的爱人。

"那是浪人的党羽，抓住她！"

两个男人听命向女孩冲去。

"住手！此事与她无关！"

方才的武士推开敌人，跑向染枝和多美。他勉强格挡开一人的攻击，可是另一人的刀已在他背后高高举起。

"小心！"

染枝甩开被多美紧紧抓住的玉手，扑到男人背后，刀剑在她头顶挥下。

刀刃落在染枝身上最纤细的部分，砍下了她戴着十二根发簪的头颅。武士甚至没来得及看到她的惨状，也因为腹部中刀而死。

唯独多美眼睛眨也不眨地望着面前的一幕——无头躯体倒地的速度变得异常缓慢，从伤口处喷涌而出的鲜血洒满了多美的脸和胸口。

血腥味一直灌入她的脏腑深处。

多美忽然感到一阵悸动，仿佛身体的某处还藏着另一颗心脏。

"明明说过要一直和我在一起的……"

心中似乎有一个声音回答道："不错，那么是谁砍了你姐姐的头？"

杀人凶手因为误杀女子而手足无措，却在同伴的催促下回去继续执行任务。

多美的脚边只有姐姐爱慕之人的尸体、一具无头女尸，以及一颗刚刚被砍下来的、面容白皙的头。

"这都是什么？姐姐在哪儿？"

那个声音没有回答，却反问道：

"是谁……了你弟弟？"

"弟弟……"

一阵锐利的耳鸣声在多美的脑海中喧嚣。

声音忽近忽远，她只能奋力追赶。在耳鸣的间隙，忽然响起清晰的话语：

"是谁吃了你弟弟？"

多美突然感到额头传来钝痛：

"……是我，吃了他！"

咽喉中发出的声音却不再属于她。

*

"浑蛋，瘴气太厚了，什么都看不见！"

玄鬼皱起眉头，轻轻挥动锡杖，驱散了小巷里的黑雾。

小鬼从檐头探出脑袋，惊呼道：

"是角……阿民额头上快长出角了……"

阿民雪白的额头上已经能够看到两块明显的凸起，很像快要破土而出的白芽。

"啧，还是晚了一步。"玄鬼失望地道，"真伤脑筋，没想到这么快就变成人鬼。"

"玄鬼，把回顾过去的法术借我。"

"现在用法术也太晚了，人鬼连人话都听不懂。"

"说不定还来得及，求求你了，玄鬼！"

此刻也只好死马当活马医了。在小鬼的再三请求下，玄鬼高举锡杖，杖尖发出白光，眼看着就要笼罩小鬼的身体。

然而小鬼红色的身躯被白光弹开，在屋顶上直打滚，玄鬼急忙伸出长手臂抓住他的头发，这才使他免于坠落：

"真是雪上加霜……你的力量已经不够变出木

偶了。"

"力量不够？"

小鬼茫然地望着自己红色的双手：

"玄鬼，我该怎么办？怎样才能救阿民？"

"放弃吧……回天无力了。"

玄鬼愤愤不平地将锡杖重重杵在房顶上，砰地震碎了几片瓦片：

"可恶，都到这一步了……这很可能是最后的鬼芽，我们千年的努力都要化为泡影吗?！"

玄鬼昂首挺立，对天咆哮，仿佛是在向天界发泄不满。他的声音如同狂风呼啸，消失在漆黑的夜空中。骤然间，两人的头顶狂风大作，宛如在回应玄鬼的愤慨。

"玄鬼，阿民的角……"

阿民额头的凸起画出一道弧线，越长越长，已经形成角的模样。

"她不再是你的阿民了……是人鬼。"

玄鬼沉声道。就在此时，原本一动不动的阿民慢慢朝前踏出一步，捡起了武士尸体旁的钢刀。

"阿民难不成……"

阿民缓缓走向仍在刀光剑影中的武士们。混战的胜负即将分晓，遍地都是伤者，有些连声音都发不出，怕是已经断了气。

一名男子靠在墙上，看着像死人一般。突然，他呜咽了一声，引得阿民停下脚步，朝他观望。

满面是血的阿民眼中早已没有人类的光彩，她高高举起右手中的刀。

"不要啊，阿民！玄鬼，快去阻止她！"

"恐怕是白费功夫。"

玄鬼虽然嘴上不情愿，还是举起了锡杖，一阵呼啸的旋风立刻在天空中形成。玄鬼对天吼道：

"风神，请借力于我！"

玄鬼话音未落，阿民就被旋风刮倒在地。她尽管仰面朝天，手中却依旧紧握钢刀，又毫发无伤般站了起来。

之前还屏息躲在妓院中的艺妓和恩客也许是察觉事态即将平息，便三三两两探头，从远处观望街头的动静。阿民已然不分敌我，手握凶器转向他们。

玄鬼再度举起锡杖：

"简直没完没了。"

无论被风刮倒几次，阿民都会再度提刀站起。想速战速决的玄鬼向她刮起一阵特别强烈的风暴，将阿民一路吹到屋檐下，使她的后背重重砸在木板墙上。

眼见阿民终于松开了钢刀，玄鬼开始吟唱咒语。锡杖发出一道红光，包裹住落地的刀身，仿佛单独加快了那片区域的时间，让刀身迅速生锈，继而折断。玄鬼总算松了一口气：

"事到如今，只有取了她的性命。算了，就让我来……"

"要是真的没办法……让我来动手。"

小鬼握紧双拳：

"如果只有这样才能阻止阿民，那就让我亲手送她上路。"

"你身上没有力量了，根本不是她的对手。"

玄鬼挖苦道，表情却突然变得严肃起来，

"那丫头想干什么?！"

一转眼的工夫，阿民的注意力就从生锈的刀转移到了妓院门口的座灯上——望楼形的座灯分为上下两段，上段燃着灯火。阿民打开了下段的盖子，从其中掏出一样东西。

"那个……"玄鬼仔细看向阿民的手，惊叫道，"是油壶！"

可惜为时已晚，阿民已将手中的油壶扔向妓院入口。

油壶撞在房檐下，砸得粉碎，里面的油泼在了门帘上。阿民毫不迟疑地抓起座灯上方的灯盏，走向门帘。

"阿民，住手！"

小鬼话音未落，门帘便熊熊燃烧起来，仿佛在黑暗中迸裂的红色花朵。阿民摇摇晃晃后退，呆呆地看着大火从门帘一直蔓延到屋檐和房门上。

"着火了，快灭火！"

"到太平桶里打水！"

周围响起人们的大呼小叫，花街里的居民开始四处奔走。然而烈焰蔓延的速度远超人们的预期，由妓院而起的大火像迎风飘荡的绉布一般向四处扩散，被高高刮起的火星也将火势传播得更远。

"阿民……你都干了些什么……"

火焰已烧到二鬼所在的屋顶，玄鬼抱起木然自语的小鬼，从二楼跃到一棵高大椎树的树梢上：

"风神在发飙了，这火灭不掉。"

玄鬼带着怨气望着天空，分明刚才是他自己拜托了风神：

"无论这场火烧成什么样，会死多少人，那丫头都逃不过地狱的劫难……我们也肯定会化为沙子。"

玄鬼垂头丧气地坐在椎树的粗枝上。

"我不会……让阿民下地狱的。"

"水火无情，我们也没办法……等等，你去哪儿?!"

小鬼不理睬玄鬼，从椎树上跳了下去。

大火几乎将花街柳巷烧了个遍，艺妓、恩客，甚至刚才还在死命拼杀的武士都被逼得仓皇逃窜。

四周烟雾缭绕，让人看不清眼前的路。

茶馆和妓院之间，初夏枝繁叶茂的树木也在痛苦呻吟，任凭原本碧绿的树叶被烟熏火燎。

小鬼来到椎树根旁，抱住树干，把头靠在它身上：

"拜托你们，把力量借给我！"

小鬼在丹田发力，他的身体变得更红，长长的绿发也飘舞起来。椎树的枝叶逆风摇曳，发出哗啦啦的声响，引得树冠上的玄鬼慌忙朝下探头：

"那家伙不会是要……"

烟雾遮住了地面上小鬼的身影，然而花街柳巷上的每一棵树都好似开始模仿这棵椎树，接连摇摆起树枝。

"住手！凭你现在的身体，用法术会死的！"

地震般的隆隆声打断了他的阻止，伴随着一声惊叫，玄鬼的身体被弹飞上天。

不只是玄鬼，来不及逃离的群众、猫猫狗狗、野鸟青蛙，甚至每一只蚂蚁都被弹出了这片烟雾席卷的大地。

摇摆的一众树木同时伸展出枝叶，仿佛等的就是这一刻。来自四面八方的树枝纠缠在一起，在小鬼头顶画出一条弧线，向远方延展。

不仅如此，就连地面也开始上下起伏，粗大的树根从街道和房屋的地板中探头而出。道路两旁的店铺随同大火一起被波浪般翻腾的树根倾覆于地，那些树根像鞭子一样弯弯曲曲向上伸展，和从天而降的树枝纠缠在一起，形成一道墙壁。

树叶发出更加响亮的摩擦声，疯狂生长并不断填补树枝和树根构成的树笼缝隙，就连树根旁生长的杂草也像鞭子一样扭动、变长，堵住了仅存的一点点空洞。

庞大的绿色树笼宛如一顶盖子，将花街完全笼罩。

周围的高温仿佛能将人融化，浓烈的烟雾也让小鬼睁不开眼，猛烈咳嗽。

他身处烟熏火燎的蒸笼中，勉强支撑着站立不稳的身体：

"说不定，阿民可以得救了。"

小鬼自言自语道，感觉呼吸一下子顺畅了。一直折磨他的高温和烟雾都不再可怕，他只觉得自己不再是身体的主人。

"我也到此为止了……不过能撑到现在也不容易。"

小鬼本能地知道，一千年间追着阿民、使用回顾过去的法术，自己已将生命消磨殆尽，凭借仅存的力量，他无法扑灭大火。是草木听取了他最后的心愿，将力量加于他身。

"对不起了，各位……陪我任性了一回……"

树干在火焰和烟雾中化为黑炭，可无论树木成了什么样子，只要身处其间，小鬼都会觉得心情平静。一阵令他安心的睡意袭来，他双膝一软，跪倒在地。

眼看就要一头栽倒，小鬼才发现有人站在自己面前。

"你，为什么要这么做？"

阿民跪坐在他的面前，声音却非来自她本人，而是人鬼。可是对小鬼来说，她分明就是阿民。于是他缓缓伸出双臂，环住对方的脖颈：

"阿民……我一直都想再见到你。"

他想紧紧拥抱阿民，却再也使不上力气。

"鬼族，为何要阻碍我成事？"

"你错了，我只想看到阿民笑起来。就像一千年前那样在我背上和我一起旅行……这是我唯一的愿望。"

"一千年……"

人鬼小声道。

"可惜办不到了……对不起，阿民……"

小鬼在即将被黑暗吞噬的那一刻，听到了某种东西的碎裂声。那声音就像是无瑕的冰面浮现蛛网般的龟裂，清脆通透。声音又响了一下，小鬼觉得有小石子一般的东西洒落在自己肩头。

他心生好奇，却已无力抬头。可耳边忽然传来一个声音，将他唤醒。

"小……鬼？"

小鬼眨了眨眼，松开胳膊，慢慢起身。

也许这只是死前的幻觉，但是阿民原本空洞的瞳孔中的的确确映出了小鬼的身影。她额头的角连根断裂，像粉碎的白色糖果一般散落在地。

小鬼面前的阿民与千年前一般无二。

"阿民……是阿民……"

"小鬼……我们又见面了！"阿民一把抱住了小鬼的红色身躯，熟悉的重量与温度让后者激动不已：

"阿民，你认得我吗？"

"嗯，我和小鬼一起旅行，为了找弟弟……咦，弟弟？不是姐姐吗？"

她脑中同时存在前世与现世的记忆，再想下去也不会有什么好处。为了不让阿民继续说话，小鬼用尽最后的力气紧紧抱住了她。

鬼角断裂是阿民从束缚中得到解放的证明，纠缠她千年的鬼芽终于枯萎了。

"阿民，下次你要顺利转世，过上幸福的一生啊。"

小鬼说完将头靠在阿民肩上。

"小鬼？你不和我一起吗？"

"我看来……是不行了……"

"不，我要和你一起！"

"阿民……能遇见你，好开心啊。"

小鬼打断了阿民的哭腔，发自内心地道，

"能陪着你整整一千年，已经足够了……"

话说到一半，阿民就感到拥抱着自己的温暖忽然消失了，小鬼的身体化作红色的沙子，崩塌在地。

阿民怀中只剩沙子，因为失去支撑而向前扑倒。

即使化为焦炭也一直勉强支撑的巨大树笼轰然倒塌，

下方是被大火焚得面目全非的城市。

*

"小鬼，小鬼……"

小鬼听见有人在喊自己，一开始还以为是阿民，不过那声音像银铃般美丽动听。

——天女。

小鬼想呼唤却发不出声音。因为眼睛睁不开，面前也只有一片黑暗。不过天女的声音越来越清晰了：

"小鬼，千年来你做得很好。多亏了你，鬼芽枯萎了，女孩也不至于堕入地狱。"

原来阿民已经得救。

小鬼打心眼里松了口气，除此之外他别无所求。

天女似乎明白他的心思，又开口道：

"按照约定该奖励你，助你实现愿望。"

小鬼能听见她的声音，却不再明白话中的意思。短暂失去意识后，小鬼发觉自己被包裹在温暖的茧中。

但这里又不完全像茧，温暖却潮湿，一片漆黑，还有一股腥味。

对了，跟他当初和阿民在隙谷跳进的洞穴一模一样。当时他觉得里面腥臭难闻，现在倒没那么讨厌了。

一阵类似于山间烧炭小屋旁水车发出的"咚咚"声，透过环绕他身体的黏稠液体传来，听着很舒服。小鬼缩起四肢，佝偻着身体与那种声音做伴，打起盹来。

突然之间，有人打搅了他的安眠，把他强行拽了出去，暴露在光线中。

他被光刺得睁不开眼，还被冻得够呛。

女人们焦急的声音从头顶传来，可是他听不清她们在说些什么。明明没干什么坏事，却被人不停打屁股。他疼得想抗议，却连嘴巴都张不开。

小鬼想，这大概就是梦吧。

鬼是不会做梦的，但他此刻对梦有了了解和想象。

因为这一千年来，他始终都在和人打交道。

一千年前的他甚至不明白是怎样的痛苦逼阿民化身人鬼，可是在追随阿民转世的过程中，他通过后者了解了人类这种种族，耳闻目睹着他们的生活、喜悦、苦难与恸哭，循环往复。

身为鬼族，他不可能完全体会人类的感受，可他还是拼尽全力向阿民的心靠拢。也许正是因为这份心意，阿民才能在最后时刻恢复了神志。

他感觉身体越来越冷、越来越沉，意识也不断模糊。就在即将坠入无底深渊前的一刻，他听见了那个声音：

"我的儿啊，阿娘求你了，睁开眼睛看看吧！"

阿娘？是他的阿娘吗？

小鬼感觉自己被温暖的手臂抱在怀里不停摇晃，很想睁开眼睛看看那个自称是他阿娘的人，便将浑身的力气都用在眼皮上。他看见一丝微弱的光线，模糊的视野中有一张女子的脸——满头大汗、筋疲力尽，却还是一脸担心地望着他：

"吃了奶一定能活过来。"

那名女子对旁人道。她脱下一边的袖子，拉开胸前的衣服，露出一对又圆又白、宛如年糕的丰满乳房。

"我的儿啊，多喝点。"

眼前明明是他梦寐以求的母亲的奶水，却怎么也够不到。

"对不起，阿娘……可是，能见到你……我还是好开心……"

小鬼的意识离开了皱巴巴的赤黑色身体，如薄雾一般消散在四周。

"就这么点儿?"

玄鬼咬牙切齿地道。

"是的,就这么点儿。"天女回答。

两人身处黑暗中,同时面对一片圆形的空间。

"小鬼的生命到了尽头,这已经是极限了。"

天女从化为红色沙子的小鬼身体中收集了仅存的精气,转移到一名已胎死腹中的婴儿体内。

这是她对小鬼最后的一点告慰。

玄鬼却不屑地哼了一声:

"你们真想奖励他,就该让他再活一辈子。不过是几十年的人世寿命,对天界来说⋯⋯"

"我们办不到。"

天女回答得斩钉截铁:

"哪怕只是朝生暮死的蝼蚁性命,只要处在时间轮回之中,天界便不得干涉。"

"你们的职责还真是乏味。"

玄鬼就地盘腿而坐,锡杖被他摇得叮当作响。圆形的白色光芒不再映照出一点影像,看起来就像是玻璃窗外的茫茫雪原。

"或许你是对的。"

天女留下这句回答，便消失得无影无踪了。

唯独玄鬼目不转睛地注视着空无一物的空间。

***

忙碌的金龟子成群结队，来回穿梭，队伍的缝隙间是三三两两的黑蚂蚁。

玄鬼站在一座高塔顶端，俯视凡间。

银色巨塔上方的天空呈现一片水蓝，如长枪般高耸入云的数十座铁箱仿佛即将穿透苍穹。

"才过去一百五十年，变化居然这么大。"

正当他自言自语之际，一道金光闪过，在他的周围散发出甜美的芬芳。

"将我唤来此地，有何贵干？"

这话听起来像责备，可是天女的脸上还是浮现美丽的笑容。只见她身穿羽衣，飘飘然落到玄鬼面前。

"因为突然想起一件重要的事——我的奖励还没拿到。"

玄鬼色眯眯地上下打量着衣衫单薄的天女，道：

"你不会不认账吧？"

"让我成为你的人？当然记得。"

"那就事不宜迟……"

天女闪身躲开朝自己伸来的黑手。

"干脆点吧。"

"我是说过做你的人，但没约定具体时间啊。"

"你说什么？"

"决定权在我。"

天女脸上的笑意更浓了，玄鬼知道自己上了当，显得气急败坏：

"啧，还幻想着奢侈一把，找你约会呢，真是失策。对了，约会就是男女幽会的意思。"

"你们和凡人走得近，总会学一些不该学的东西。"

"不比你们这些天人。"

玄鬼看着脚下的城市，说道：

"我们耳闻目睹凡间的生生不息，日子可不无聊。尤其人类最有意思，让人猜不到他们下一步要干什么。"

"这倒是奇怪了。"

天女不以为然。

"由于凡人的缘故，你们的数量不是大幅减少了吗？就连那个小鬼待过的山都已经不复往日面貌了。"

小鬼离开山就活不下去，看来迟早一命呜呼，真是讽刺——想到这里，玄鬼的表情变得有些忧郁。

"这就是你们鬼族的命运。"

天女严肃地道。

"你们将宝贵的资源和严重的灾祸同时降于人间，所以在凡人眼里才是可怕的鬼。"

"资源和灾祸都是你们天人命令我们降下的，却只有我们遭人恨，这不公平。"

"还以为你们鬼族会怨恨人类……看来是我多虑了。"

玄鬼的叹息五味杂陈：

"我们可是为凡人吃了老大的苦头。说实话，他们真是最麻烦又最可恨。"

玄鬼俯瞰着川流不息、宛如蚂蚁的人群，然而温和亲切的眼神却出卖了他。

"可我们之所以会这么想，正是因为与他们亲近，不论多么厌烦，都不会希望他们毁灭。如果世上少了怨恨的对头，日子岂不无聊？"

天女用讶异的目光打量了一番玄鬼，又对下方升腾而起的浑浊空气皱了皱眉。看来她不想久留此地，正要打道回府。

"等等，还有件事要问你。"玄鬼道。

"什么事？"

"那个丫头……阿民后来怎么样？"

天女微微睁大了眼睛，玄鬼接着说：

"听说她没下地狱。毕竟照看了她千年，不管她转世为何物，我想我也有资格去见一面。"

"原来如此。"

天女稍微想了一会儿道：

"好吧，我带你去见见她。"

话音未落，天女身后便放射出一道强光，让玄鬼睁不开眼睛。

"我们到了，那个女孩就在这里。"

"这里是……"

玄鬼睁开眼睛四下张望，发现身边飘荡着一层白雾，模糊了景色。

"隙谷？"

玄鬼的声音中透着疑惑。

隙谷位于天界和凡间的交界处，一切生命都经由此地被送往凡间，死后再回到这里。轮回往复，千古无重，因为每个生命的一生都只有一次，弥足珍贵。

"怎么回事？阿民几番转生以后又回到这里了吗？"

"不是。"天女摇了摇头，"她从那天起就一直留在这里，整整一百五十年。"

"你是说她那时死了，然后没离开过这儿？"

"嗯。"

"究竟是为什么?！"

玄鬼不知不觉提高了嗓门。

小鬼唯一的愿望就是阿民能够重获新生，平平安安过完一辈子，难道就连这点事都不能满足他吗？然而天女若无其事地道：

"是那个女孩自愿的。"

玄鬼的眼神中满是怀疑。天女转过身去，羽衣随之轻轻摇摆：

"跟我来，她在隙谷边境。"

"边境？难道……"

天女没有回答，只是一路朝前走，玄鬼在身后跟着。

没过多久，玄鬼就觉得脚下沉重。天女双足离地，飘浮着前进，但是跟在身后的他却深一脚浅一脚，越走越吃力。乳白色的雾气使周围的景色没有太大的变化，但脚下的地面不知何时已变成漫漫黄沙。当玄鬼开始喘粗气的时候，天女停下了脚步：

"你来过这里吗？"

"没有……但我心里有数。"

玄鬼跪坐在地，抓起脚边的一把沙子。它们远看是黄沙，但凑近了才能看出其中混杂着各种颜色——蓝、白、绿、褐、黑、红，应有尽有。他一松开手，沙子便散落在地。

"不过我没想到会这么荒凉。"

玄鬼站起身，表情落寞。尽管视线被雾气阻挡，他也明白自己正站在漫无边际的沙漠中。

这里既不起风，也没有声音。被雾气笼罩的沙漠似乎在沉睡，但在玄鬼看来，这只是个空无一物的世界。

"这就是鬼族的墓地吗？"

他感觉就连自己发出的声音都要被雾气和沙子吸走了，断绝一切生机的世界只剩下虚无。

"他也长眠于此吗？可就算他在这堆沙子里面，我也认不出来。"

玄鬼望着粘在手心里的沙粒道。

"那女孩好像认得出。"

天女优雅地抬起一只手，洁白的指尖前方的雾气迅速消散，很快便露出一个蹲坐在沙地上的瘦小身躯。

"那是……阿民？"

"没错，她还保持着和小鬼相遇时七岁女童的面貌。那是她最后一次被送到隙谷时提出的要求。"

天女接着解释说，就是在小鬼死去的那天。

"她真的……一直没离开过吗？"

阿民脸朝两人，却完全没发现他们，只是趴在地上，全神贯注地扒着沙子。

"她到底在干什么？"

"搜集小鬼的身体。"

"开什么玩笑?!"

玄鬼听得目瞪口呆，最终哑着嗓子挤出一个问题，

"这是对她的惩罚吗？"

"不，是她坚持要这么做。"

阿民问天人能不能让小鬼起死回生，得到的答案是否定的，因为他的身体已化为沙子，被埋在这座鬼族的墓

地中。

如果能集齐小鬼身体的碎片，或可创造奇迹，但这种事就连天人都做不到。

然而阿民请求他们给自己这样的机会。

"在这茫茫沙海里找出他的身体？简直天方夜谭……"

"奇妙的是，偏偏那孩子能认出他来。"

阿民用小手捧起沙子，放在盆子里，然后小心翼翼地从其中拣出红色的沙粒，却发现那不是小鬼的身体。寻找未果的阿民把盆里的沙子又倒回地上，脸上却不见失望和疲惫的神情，反而立刻去抓下一把。

"这难道不是无穷无尽的徒劳挣扎吗？和地狱有什么分别？"

"非也非也，你知道地狱是怎么回事吗？"

"不就是刀山、火海、油锅吗？"

看到玄鬼掰着手指头数，天女美丽的脸上终于浮现微笑：

"那些都是人们编造的传说。所谓地狱，就是断绝一切希望的地方，人们在那里只能度过无谓的光阴，毫无盼望。"

即便是刀山，也总有登顶解脱的一天。只要还有一丝希望，无论过程多么艰难困苦，都称不上地狱。相反，就算身处天堂般的地方，假如心中只剩绝望，也和在地狱中煎熬无异。

这是生命的真理，对所有生物一视同仁，不只针对获得了智慧的人类。

"你看她的表情。"

天女又指了指阿民。不厌其烦分辨沙粒的她忽然停了手，然后捏起盆子里的一颗沙放到眼前，露出无比灿烂的笑容。

她将区区一粒红沙无比珍惜地攥在手心，又把手轻轻放到胸前。

"找到他了？"

阿民将手中的沙粒小心放入旁边的袋子里，袋子鼓鼓囊囊，里面装的沙子大约有一只猫大小。

"一百五十年间大约收集了一条手臂分量的沙子，或许耗费千年时光就能完全集齐小鬼的身体。"

"要重复这种事整整一千年……光是听听就要让人昏过去。"

玄鬼长叹一声，既像是哭笑不得，又像是在佩服。

"她一定能做到的，因为怀揣着希望。"

就和当初的小鬼一样，如今的阿民也在盼望着与对方重逢。每收集一颗沙粒就意味着离目标更近一步，这让她看起来无比幸福。

"也对，对鬼族来说，千年不过是南柯一梦。"

玄鬼笑道：

"千年后或许又能跟那小子见面了，我也耐心等着吧。"

说完，他转过身去，踏着同胞的残骸渐行渐远。

方才散去的白雾再度凝聚，层层覆盖了阿民的身影。